谢谢你给我
浅淡轻盈的喜欢
我仍愿在心底
还你深挚绵长的爱
亦不觉得错

浅喜深爱

蒋雅楠 著

kiss love, But you kill love

谢谢你给我浅淡轻盈的喜欢，我仍愿在心底还你深挚绵长的爱，亦不觉得错

文化艺术出版社　　中央编译出版社
Central Compilation & Translation Press

图书在版编目（CIP）数据

浅喜深爱/蒋雅楠 著.—北京：文化艺术出版社，2007.10
ISBN 978-7-5039-3424-7

Ⅰ.浅… Ⅱ.蒋… Ⅲ.短篇小说—作品集—中国—当代
Ⅳ.1247.7

中国版本图书馆CIP数据核字（2007）第155684号

浅喜深爱

著　　者	蒋雅楠
责任编辑	张勍倩
特约编辑	隆崎鲍
装帧设计	笑容书装
出版发行	文化艺术出版社 中央编译出版社
地　　址	北京市朝阳区惠新北里甲1号　　100029
网　　址	www.whyacba.com
电子邮件	whyabooks@263.com
电　　话	（010）64813345　　64813346（总编室）
	（010）64813384　　64813385（发行部）
印　　刷	北京中印联印务有限公司
版　　次	2008年1月第1版第1次印刷
	2010年6月第1版第2次印刷
印　　数	1—8000册
书　　号	ISBN 978-7-5039-3424-7/1.1591
定　　价	22.00

版权所有，侵权必究。印装错误，随时调换。

目 录

【序】他只是个孩子
饶雪漫

【纸上电影】寰球记

一月 偶　001
我终将可以再次回到十七岁那年的光阴，怀抱少年懵懂的眼神，于茫茫人海中寻觅此生惟一的，最初以及最后的爱，郑芊芥。

二月 汤　019
我的单薄可怜的小小爱人，我们真的如此相爱过吗？

三月 惊蛰　037
对于一些人，繁花刚刚次第绽开。对于另一些人，却花事已了，徒剩空廖。去另座城池，过别种光景。

四月 浅喜深爱　053
谢谢你给我浅淡轻盈的喜欢，我仍愿在心底还你深挚绵长的爱。亦不觉得错。

五月 风波　069
流熒。流熒。你，能不能再亲亲我呢？

六月　泪志　085

我爱你的这几年，和所有其他女人关于爱的试炼和对招，让我终于安全衍生为一个坚强有力的男人。我用生命所有余下的时光，来偿还。

七月　布农铃恋人　99

沙漠中远行的人把它系在骆驼脖子上，清脆的铃声伴随他们赶走独行的寂寥。声声寂寥的布农铃，是我想念你时的一点提醒。

八月　狂恋咖啡因　125

给予爱人的，是一杯薄荷咖啡，醉人的法利赛，酸且苦的波旁，满嘴苦渣的土耳其咖啡，还是疯狂的龙舌兰之爱。

九月　时光倒流　145

星星对天体变心，于是陨落。我对爱情绝望，于是自由。

十月　我在听这种音乐的时候，最爱你　163

南方湿冷的冬天，音乐会让你的思念通体透明。

十一月　恶童　177

孩子气比市井气要好，依赖比若即若离更有安全感。女人想要留在身边的，无非是个乖儿子。

十二月　傻子才悲伤　191

我们以为一切恰到好处的付出与回报，不过是一场有所权衡的交易罢了。交易成功，皆大欢喜。交易失败，至多遗憾，无谓悲伤。

【跋】时光纪　207

【序】

他只是个孩子

认识蒋雅楠的第一天,他是个顽劣的孩子。

四年过去了,他仍没有长大。

我一直都记得,那个周末的夜晚,我正奔波在广州巡回签售的路途中,接到他的电话:"饶雪漫,我要做你的书,首印十万。"我诧异于一个小男孩初生牛犊的勇气,很想问他拿什么来做一本十万册的畅销书。但出于好奇,还是答应和他见一面。

还没过完年,这个大学刚毕业的小毛头拎着两袋大礼包闯进我的家中。他捧着一份颇有新意的图书策划书对我说:"雪漫姐,我是听你的节目长大的,也是看你的小说长大的。我们还算半个老乡哦,很有缘……"于是,便有了我和他的第一次合作。那个夏天,他这个刚入行的"小朋友"领着我全国各地飞,组织演讲、书店签售、与媒体见面……我很欣赏他"不管行不行,一定不会缩"的勇气。

他一直是个贪玩的孩子。除了每日朝九晚五的工作,他每晚在电台做一档夜晚聊天节目。现在的电台节目已不像以前充满风花雪月的东西,雅楠很敢说,直白地表达80后的心声。开心时会拍着直播台大笑,生气时会讽刺听众。因为他的真实,节目很受欢迎(甚至在帮我主持活动时,好多人拿着我的书找他签名)。除此之外,他也一直帮报刊杂志写一些莫名其妙的东西,比如日本动漫之现状分析,比如莫文蔚音乐风格演变,比如如果爱上有夫之妇应该怎么办……内容乱七八糟的,看不出这个"小朋友"脑子里到底在想什么奇怪的东东。有时候听他说开始做杂志,一会儿又看见他画的漫画和拍的照片,虽然都不是很专业,但是个性怪诞,创意十足。

我比较喜欢看他的博客,有一阵子图文并茂不说,还有音乐。他选的歌总是我爱听的,于是我就干脆开着他的博客写小说。可惜的是他不太坚持,地址也老换来换去。这让我联想起他的爱情来,我一直都记得他在丽江的时候为女朋友拼命买东西的情景,记得他眼里的那种单纯并炽热的思念。可惜感情的事情总不能遂人愿,我想我是懂雅楠心里的纠结和无奈的,所以我一直鼓励他写小说,我想他一定可以用这种方式来表达自己内心一直想要表达却从不能表达出的东西,来消除一些旁人对他的误解。

但他不肯听我的。之后,他又玩了好一阵子。给他打电话,不是在酒吧,就是在郊游。我们必须扯长了嗓子说话,然后飞快地挂掉。2006年秋天的时候,他终于对我说:"我要写小说。"于是,便有了他的第一本小说《浅喜深爱》。看得出来,他受潮流文化和轻型媒体影响深刻。小说有着或跳跃,或青春,或华丽的文字,有着王子公主般完美的男女主角,有着痴心绝对的爱情故事。但不要以为他是谁谁或是谁谁谁的翻版,不要以为他的文字就停留在表面的轻松好玩。隐藏在一个个故事中的,是一个个为爱痴狂、为爱阴谋、为爱杀戮的伏线。

我是喜欢纯爱小说的,但还是为他每个曲折离奇的故事和出人意料的结局所折服。雅楠喜欢漫画,喜欢电影,这十二篇小说便像一部部少年漫画,一部部推理电影,在爱情华丽的幌子下完成一场场阴谋。看的人在他的精心布局下慢慢上瘾。我想,他在写作的过程中那么肆意驰骋自己的想象,天马行空的感觉一定很过瘾吧。

时间过去很久了,雅楠好像真的没有长大,他依然有一些年少的人常见的毛病,好在这都无伤大雅,因为他还保持着内心该有的纯净,做一个喜欢玩的孩子,在同龄人都现实地忙碌着生计的时候,他依然有宽厚的环境完成自己少年时的一个个梦想。受伤依然前行,失去继续追求,多好!

读完这本有关痴情和预谋的爱情小说,希望你会喜欢。

至少我觉得,不错!

雅楠,加油!

饶雪漫

2007年8月

【导 演】Ben
【原 作】蒋雅楠
【编 剧】樱桃滢滢
【美 术】茉莉
【摄 影】罗晓韵
【出 演】Jolie Orion

【纸上电影】寰球记

她每天只是闲靠在窗口发呆，尝试各种小女人的玩意。花朵芬芳的夏天，阳光像水一般包围着她，她盯着窗前的花树，心里想着那桩人口踪案，露出无可奈何的可爱表情。有人说她受失恋打击实在太大，乃至选择性失忆。可是她知道，她只是很寂寞。

有人说在伊斯坦布尔看见过他,有人说他早上还在顶楼晾衣服。可是,没有人回答过她,那时他头顶的天空是白色的,还是蓝色的。白色的是浑浊的爱情,蓝色的是纯净的心灵。

她问过了很多的人,得不到想要的回答。于是茫然地仰望青白天空,发现脑子里已只剩下龙舌兰、止吐药水、颠来倒去的晨昏。即使这样,警探甲女仍轻易找到了他的居所,甚至诧异地从口袋里摸到可以开门的钥匙。嗯,我的直觉从来这样准确。

她在屋子里走动,试图找到这个男人的相关信息。可是找不到他的亲人,也没有手提电话的号码。这个男人消失了,不留下任何线索。

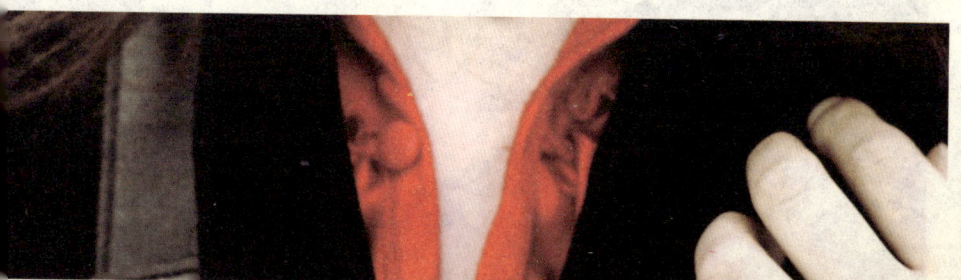

警探甲女想：他的存在与否不会牵动任何人的神经。她的心疼痛了一下，这是我所见过最让人悲伤的房子，昏暗得像死神的眼珠。衰败的气息到处都是，无边无际。

吃剩的药水，皱皮的苹果，磨破的TEE，有个女人为他买的袜子、拖鞋，他们一起收集的CD、书籍、玩偶公仔。那些承载欢乐时光的物什，仍保留着熟悉的气息。

他们在废墟尘埃中闪闪发亮,就像黑夜浓郁阴暗的眼睛,撕心裂肺地睁开来,狠狠地盯着盯着。她的心一下子低落到谷底,那昏黄的小灯泡陪着深不可测的孤独,漫漫流去。

发现失踪男乙日记：A年B月C日。她想要去加勒比海滩畅泳，而我只想去艾尔斯巨岩晒太阳。我第一次发现我们如此不同。我想我要离开她。——不负责任的失踪男乙。毫无品位的失踪男乙。显然喜马拉雅的地冻天寒更能见证十指紧扣的温暖。晨曦微光中，警探甲女决定找到失踪男乙，再狠狠甩他一个巴掌。告诉你如何爱并迁就一个女人，她想。

于是,她在无边无涯的愤怒中寻着男人,仿佛已经穿越了雪山与岩石,跳过如爱般广阔的海洋,天涯海角,掘地三尺也要把他找出来。阳光刺眼,她的影子投在地面上,像是一片漂亮的绿色苔藓。而男人默不作声,像是被关进了阴暗潮湿的洞穴,他的天空,不是苍茫的白色,也不是滟滟的蓝色,而是深不可测的黑色,就像她的寂寞。

那不是任何人的错。他喜欢在山上看时光的电影,她贪图游乐园青春的宴会,自以为有了他,就是生活在童话堡垒中的公主,生活会像糖果般甜蜜。即使他们从来是不一样的人,可……却那么紧密地相爱着。爱情真伟大,可以改换天地轮廓。不是吗?

讨好你,是我每天必修的功课。就是睡梦中,也没有忘记爱你。而你为了一块无聊的石头,竟然头也不回地离开我。为什么?空旷原野,警探甲女跋山涉水,终于面对失踪男乙。

她突然绝望地想起：A年B月C日，她拦不住打包启程的他。他说要去哪里很久很久。是哪里？她实在想不起来。在追逐他下楼时，她不慎滚落。头，很痛……

直到我在你家里看见,我们那张照片。

好吧,反正,大家会说你失踪了。
还有,谁让你私自拿走曾送我的情人节礼物?你可以不爱了,也可以不为任何人改变自己。但你不能拆解过去的任何细节。爱不在了,可它曾经存在过。我要带走。回忆,可以绵延流长。

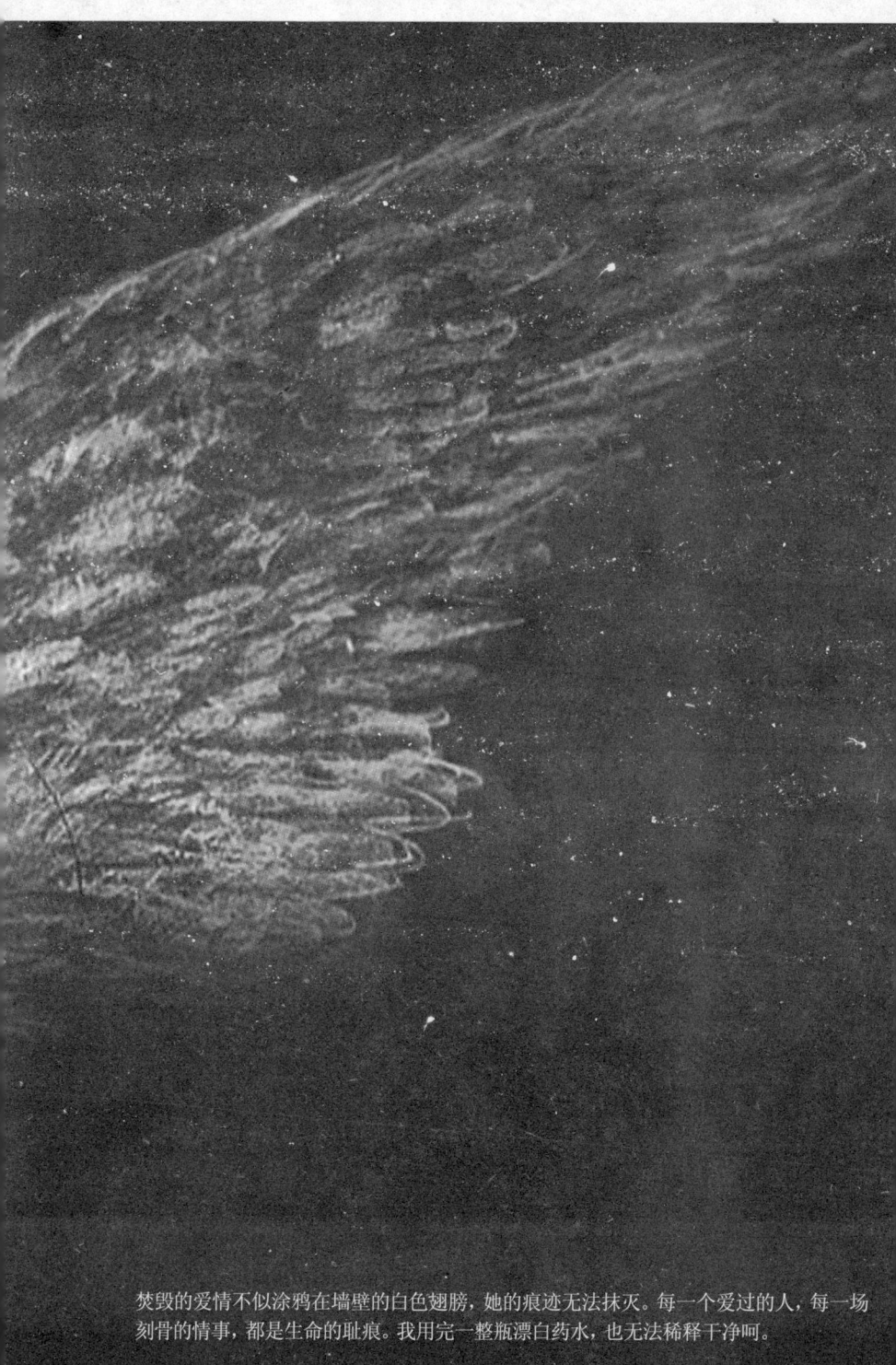

焚毁的爱情不似涂鸦在墙壁的白色翅膀,她的痕迹无法抹灭。每一个爱过的人,每一场刻骨的情事,都是生命的耻痕。我用完一整瓶漂白药水,也无法稀释干净呵。

| JANUARY | 一月 偶 |

我终将可以再次回到十七岁那年的光阴,
怀抱少年懵懂的眼神,
于茫茫人海中寻觅此生惟一的,
最初以及最后的爱,郑芊芥。

那日我在街角再次看见芊芥。

她仍是一副单纯懵懂的模样，细细长长地立在那家店的橱窗前，朝外张看。我的脑子"腾"地一下就爆炸了，一系列生理反应层出不穷：吸气，呼气，抹两把脸，用手指梳梳头发。我快步向她奔过去，发现小腿在微微颤抖。

我尽量挤出一丝甜美笑容，保持镇定地说："Hi，芊芥，好久不见。"

芊芥一定看见了我，但她装作视而不见，这是她的惯用伎俩。她低垂着眼睑，故意看着脚尖，黑色双瞳被长长的睫毛覆盖。她穿着每年冬天都很喜欢的桃红色外套，白色小皮鞋式样陈旧但很耐看。

因为她的冷淡，我感觉有些紧张。爱仍旧没有消散开去，于是内里仍会百转千回。你早已忘了回忆，我却忘了忘记。我恨自己没出息。

我努力平复情绪，然后说："芊芥，这些日子你过得怎么样？棉里对你还好吗？开心吗？"我挠挠头，尽量笑呵呵地说，"昨晚去跟朋友打麻将了，也不是很经常通宵玩的，只是周末在家会闲着无聊哩……"

芊芥仍旧不看我，低头打量着自己的那双鞋子。怎么了？棉里给你买的新鞋吗？雪霁的路面龌龊不堪，你是怕弄脏新鞋吗？从认识你开始你就这么纠结，总是想要外表的光鲜华丽，却又粗枝大叶缺乏考量。

看着芊芥冷清漠视的眼神，我仍不愿承认她对我的感情早已平静无波。我不知该继续张扬我那些失爱的痛楚，还是尴尬打住，就此别过。爱情中最尴尬的莫过于一个人的进行时，却已是另一个人的过去时。

我也是个纠结的人。因为不甘心，所以才反复。我试图最后一次得到她关于爱与不爱的讯息。虽然这些暗示明示，她早已用生硬的语气描述过很多次。

扳过她的肩膀，我认真地看着她的眼睛，说："芊芥，我不能没有你。那些以前的事情都是我的错。你，能再给我一次机会，原谅我吗？"

冬季阵风吹过，芊芥仍旧不说话，但我却分明看见她对我轻轻点了点头。

什么？芊芥？原来你仍旧爱我，仍旧舍不得我？对吗？你和棉里的风流情事，只是对我冷落你的报复，对吗？芊芥啊，这些日子你过得不好，你每时每刻都在想回到我身边，对吗？呵呵呵呵。哈哈哈哈。

我开心得快要发疯了。因为我看见芊芥眼波流转，欲言又止，但却在一个劲儿地对我微笑点头。

我轻轻把她揽在怀里，摸摸她干涩的头发："芊芥，我们回家吧，就像以前一样。"

芊芥，我带你回家。我的右手牵着你的左手，就像以前一样。

我叫未穹，男，还有三十三天就满三十岁。

在这个城市里，有很多即将而立的男人会跟我一样，有一份不算糟糕但也无甚优良前景的 工作，有一处不大但也没钱再换的住所，有一辆开了三两年状况百出的小车，有一堆总管你借钱但少了会无聊的狐朋狗友。上班时间交给上司的絮叨和坏脾气，下班时间交给酒精、麻将桌和女人们。

我比他们幸运的是，我仍旧单身，不用每天面对黄脸老婆、啼哭婴儿和家庭琐事。单身却并不孤单，因为我有一个很棒的女朋友。生命中总有一些时间可以不用穷极无聊，消耗虚度。

说她很棒，还真不是吹的。你见过有哪个二十七八的女孩子，每天心甘情愿地呼之即来挥之即去，尽情赋予你爱情的甜蜜，却迟迟不急着催你结婚？有几次，我貌似良心发现地问："烟桥，烟桥，你怎么对什么总是这么笃定有把握呢？"烟桥斜了我一眼："只能说明你这个人啊，太沉不住气。"然后拍拍我的屁股，走到厨房给我做饭去了。

范烟桥做的可乐鸡翅味道超级正点，我每次都能毫不犹豫地吃四对。然后撑得饱饱地赖在沙发上打PSP，烟桥继续去收拾碗筷和厨房。太鼓达人和山脊赛车已经被我通关无数次了。

如果仅仅是厨艺优秀的话，烟桥只能当个合格的老妈。但她还是个会让所有正常男人血脉喷张的尤物。

我跟她去星美看电影。因为是周二半价场，里头黑压压的全是人头。我和烟桥摸黑溜到第一排靠墙坐下。那部电影的情节和名字通通记不得了，一坐到位置上，我的嘴就被烟桥严密地堵住。随后便是她绵长的排山倒海一般的热吻。我说："哎，烟桥……咱们这是来看电影哎……"烟桥带着笑爬回到自己的位置坐好:"OK,看电影。"然后,她拿起我的手指,放在嘴里吮吸起来。温暖湿润的洞穴,调皮撩拨的舌尖,用力啃咬的牙齿,丰厚环绕的嘴唇。没有几秒钟我便把持不住,一把拉起正在坏笑的烟桥,急急忙忙地冲回家去。

  我喜欢看烟桥骑在我身上的样子,潮红投入的脸孔被纷乱的长发遮挡得更加迷乱。她微微喘息着上下游移,就像一条被风暴凌虐的船,无法自持地跌落在欲望潮水中,载浮载沉。就像张婉婷的《玻璃之城》,港生和韵文在那辆风雨摇曳中的汽车中,甜美胶着,任风吹雨打不弃不离。把每一次的进入和抽身,都当作是最后一次般用尽气力。

  仿佛末世一般的,糅杂着绝望的狂爱。

  到达顶峰的时候,烟桥会发了疯一样地咬我的肩膀。这是让我惧怕的,也是让我始终无法了解的。我的肩膀在每一次的欢爱过后都留下深深浅浅的齿印,从深紫到淡红,从凹凸到平复。疼痛过后,我蜷缩在烟桥苍白的胸脯前,深深地吻她胸前的红痣。

  这个范烟桥。

  牵着芊芥的手,我突然又有些犹疑。

  该怎样跟范烟桥解释我跟郑芊芥的关系?表妹?同学?旧友?我们紧紧攥着的手能否在烟桥面前自然分开?

  而芊芥呢?好不容易不生我的气了,看到俨然女主人身份的烟桥,一定会气得夺门而出的吧。怎么办呢?怎么办?

  带到朋友那里去?得了吧。我都说了,要带她回家。带郑芊芥回家。

一路上，我焦虑万分，根本没有心思和芊芥畅谈离后愁绪。而芊芥也似乎很贴心地并不言语，不打扰我专心开车。

只是在到了楼下的时候，我泊好车，说："芊芥，到家了，下车吧。"芊芥却迷离地望着窗外的风景，并不动弹。

芊芥一定是改变主意了吧，她又不想回到这个曾经属于我们的美好的小窝了？我赶紧笑嘻嘻地下车，对芊芥说："你想要我背你上楼吧，懒丫头。"

我曾无数次背着郑芊芥爬上七楼。芊芥总说："你个猪头男人，让你背我是帮你锻炼身体哦。"我们说着笑着，仿佛登上云端那般，身心愉悦地回我们的家。此时的我背着郑芊芥，心里却是忐忑不安。但我想，范烟桥一定不会不乘电梯走楼梯吧？又稍微有点放心了。

旋转钥匙，门是锁着的，我轻吁一口气。可是，范烟桥总是要回来的啊。芊芥和她，哪个留下来，哪个要离开？我知道自己该下某一种决定了，可是……可是人的行为动作总是跟着心理潜意识行进的吧。我把芊芥带回家来，应该就是最直接的答案了。烟桥会如何自处呢？我是不是应该帮她收拾好衣物，给她一个温暖怀抱，然后送她离开。

也许是很久没回我们的家，芊芥显得有些陌生拘谨。我领着她，仿佛带着一个陌生客人一般穿梭在每个房间。我说："芊芥，你看，你最喜欢的盆栽还是很好地养在窗前。"我说："芊芥，床被我弄得厚实多了，会很舒服。"我说："芊芥，你来看看衣橱呢，你的东西，我还都留着呢。衣服、照片、鞋子……"芊芥任我拉着扯着,默默无语地看着我刻意保留下来的种种回忆,没有表情。芊芥,你是介怀我们的世界已经被别的女人打扰,终于面目全非了,对吗?纵然我仍然千方百计地想要保存完好。

我把她按在桌前:"芊芥,我来给你做你最爱吃的水噗蛋。"

在厨房忙活的时候,听见客厅传来动静。我的心一凛,伸头出去,果然看见范烟桥一脸错愕地站在门口。

郑芊芥和范烟桥互相对视着,谁都没有先说话。芊芥一脸默然,烟桥一脸惨然。三个人都有些不知所措的味道。

我在芊芥和烟桥的面前各放了一碗水噗蛋。青黑瓷器的汤碗中,一颗白皮透着金黄的鸡蛋浮浮沉沉,白色烟气委婉氤氲。我尴尬地笑着:"趁热吃吧。"两个人却都并不动作。

"烟桥,我来介绍一下,她是我的女朋友,郑芊芥。这是烟桥……"

烟桥直勾勾地看着我,失声痛哭。

"烟桥,烟桥……我并不是要赶你走。你知道,我,我也爱你啊。"我又看芊芥,冷冰的脸上依然没有表情。我壮着胆子继续说,"可是,芊芥也没有地方可以去。她跟棉里……闹僵了。暂时住在我们家,反正我们有两个房间……只是暂时……"我越说声音越小,我知道这样的家庭生活会让每个人的神经都崩溃,但是,我能赶烟桥走?还是再次对芊芥放手?谁能告诉我,究竟应该用怎样的态度来对待此时彼时的新欢旧爱?

烟桥扑过来,紧紧抱住我的脖子,号啕大哭:"未穹,未穹……不要离开我。求求你别这样。"

我别过烟桥的脸,仔仔细细看她脸上通透的皮肤和深浅的雀斑。我确定，我是极喜爱她的。我轻声说："亲爱的，我不走。她只是无家可归了，需要我们的照顾。"烟桥不说话，只是哭得更厉害了。我知道这算是她的默许。她若不应允，一定会毫不犹豫地捍卫到底。

我悄悄地瞟了芊芥一眼，她面朝窗外，不看我们的拥抱。我心底竟然涌起一丝隐忍的快感。郑芊芥，爱着未穹的郑芊芥，不爱未穹的郑芊芥，离开未穹的郑芊芥，看着我和别的女人亲密拥抱，看着你曾经的男人不再是你的专属品，你能体会到我当初撕心裂肺的痛楚吗？

我开始亲吻范烟桥。吻她悠长的睫毛，清凉的泪痕，吻她苍白无度的下颚，血脉明晰的胸脯。一直吻到她的喘息润泽，吻到我的剑拔弩张。直到我们无法抑制情欲的光临，赤裸着身体联结在一起。

郑芊芥，郑芊芥，你爱的男人在你的面前和别的女人肆意鱼水交媾。你看见了吗？我不是要蓄意地报复你，我也不曾预料到事情会如此走向。我只是想告诉你，错过的身体，错过的爱情，错过的那个人，永远不会驻留原地。谁想回来？谁早已不在？

我想，芊芥终于无法忍受我们的喘息呻吟了，她打开CD，放很大声的音乐。

我把情节给了你，结局给了他。

我把水晶鞋给了你，十二点给了他。

我把心给了你，身体给了他。

从十七岁那年开始，我就以为芊芥会是那个给我终生幸福的女子。

在中学校园落叶纷飞的香樟树林中，我们第一次做爱。年少单薄的身体仓促地交合，然后急急忙忙穿好衣服，在最后一声铃停止之前赶去教室上课。潮红狂跳的我们在课堂上隔着三两个人头偷偷相望。性事对于惨淡无知的我们，没有丝毫快感乐趣可言。更多的，类似于一种具有强烈形式感的仪式，仿佛某种隐修会蕴含着痛感的交媾仪式。因为一种莫名的原始的信仰，我们坚信彼此将给予对方足够信任。因此，我们要完成这个仪式，给对方以交代。剥除衣物，完成使命。因为有痛楚，所以深刻。因为第一次，所以不能随意遗弃。除此之外，便是深深浅浅的惊惧和羞耻感。

和那些挥霍无度的年轻人不一样。在第一次做爱以后，长达三年的时间，我们并未彼此深入触碰过对方的身体，甚至连普通的牵手和亲吻也都很少。但我们并非彼此厌恶，而是深深爱着。我们在心底深信，对方是自己的第一、惟一以及永恒。精神和肉身的契合，我们放一百二十个心。

从十七岁到现在，我们从未言说过有关放弃或离开的字眼。郑芊芥早已像我的亲人，早已是我生命的一部分。

终于，二十九岁的时候，我为她买了新房子，打算在新年的时候结婚。

无穷拖延的爱情早已成了罪孽，终将一无所剩。如果说因为一开始的印记铭刻就必须搭进一辈子来陪葬，那谁都不该在懵懂岁月里就飞蛾扑火。

谁说我们的爱拖一天是错一天？只不过平淡生活也算温暖相守。

那天在床上郑芊芥对我说："未弯，对不起。我想我要离开你。"

我睡得很沉,一个转身醒来,发现芊芥已经不在。

"未穹,对不起。我想我要离开你。"

爱情,对于有些人来说,是空气,是维系生命供给的必需;对于有些人来说,是繁花,是锦上添花的东西;对于有些人来说,是习惯,无论谁陪伴在身边,都会慢慢适应,并且爱上。

可是,无论什么爱情终将变成习惯。郑芊芥,你不该贪得无厌。

因为彼此早已熟悉至发肤皮屑,所以我并不费力地便找到郑芊芥。她的旁边挺立着的是她新的依靠,一个叫尹棉里的男人。他们似乎相爱极了,就像十多年前的行未穹和郑芊芥。郑芊芥,你真的不该贪得无厌。你想要漫游人生路,时光再倒流,最好最爱的时光一遍遍重演,最好最爱的那个人一次次到来。他们在街角拥吻得忘乎所以,幸福无边。

我晃悠悠地踱上前去,故作镇定地咳嗽两声。

芊芥看见我,有点尴尬而又不知所措地说:"未穹,你……"

我笑嘻嘻:"你好,行未穹。"

棉里伸手:"你好,尹棉里。"

我们握手,仿佛相处得还不错的朋友。

我说:"芊芥,如果你不介意的话,晚上能回来一下吗?有些事情得处理一下,你的东西也得拿走。如果不放心,棉里,你可以一起来。"

他们似乎都松了一口气,芊芥更是用感激的眼光看着我:"未穹……"

说实话,我极恨郑芊芥的这种目光。这是和我熟悉了十几年的郑芊芥所不一样的,充满解脱和怜悯的眼光。他们竟然还小心翼翼地交换欣慰眼神。千里之外，冰冻严寒。

爱情，是你的锦上添花。爱情，却是我的空气。我无法呼吸，感觉窒息的世界，在你离开之后，结结实实地到来了。

"那么，晚上八点，我在家等你。"我笑着摆了摆手，转身离开。

芊芥，我仍是你生命里最初的楚楚少年，你仍是我生命里最后的款款女子。芊芥，我会在家安静地等你回来，再送你离开。

好聚好散的样子。

我知道是难为烟桥了，可是她为芊芥安排的房间实在让人不满意。这个一直妥帖有礼的女子，在自私的爱情面前，究竟还是有些不由自主地狭隘了一下。她原来一直那么努力地想要在我面前表现得美好可爱。

我刮了一下芊芥的鼻子："知道你还是想住我们原来的房间呢，先在这里将就一下啦，我再想想办法哦。"芊芥不置可否，但我知道她心底是有些纠结的。

这时烟桥在外面喊："未穹，未穹。"我赶紧应了一声，离开芊芥的房间。

我开始习惯为两个女人的生活起居奔波忙碌。我知道这是一种奇怪而扭曲的关系。但我也知道这是必然的，因为爱而妒，因为妒而恨，因为恨，最终将有人会放弃。关于爱情的真相，必将在日积月累的折磨中显山露水。我知道这是一场貌似华丽的三人博弈，终将有人伤亡，也许不止一个。

也许是身体不适的原因，芊芥总是爱呆在那个阴暗潮湿的小房间里，有时好多天都不愿意出门。我常常趁烟桥不在家的时候溜进去陪她，有时也会硬拖着她出来走走。我鼓动她："芊芥，你不是最喜欢打扮得美美地在阳光下和我散步吗？"芊芥真的有心事，总是沉默不语。当然，她不说，我不问。

而烟桥，我想她是真的爱我吧，她为我改变太多，甚至不再像以前一样，绝决地一定要将爱情置于角斗场上。是害怕失去，还是另有高招？我常常看见在深夜昏黄的灯光下，烟桥无声地呜咽。数道眼泪划过她的脸颊，凌乱不堪。我知道，烟桥是在默默忍受我和芊芥的张扬，隐忍万分。

烟桥，我知道你忍受得很苦，那么，就爆发吧。肆无忌惮地摧毁我对你的一切感觉，然后请识相离开，不要再回来。

和烟桥一起去超市。我挑一条黑色棉质男式内裤，两条黑色棉质女式内裤。烟桥不耐烦地拿下一条女式内裤放回货架。她说："我要一条就够了。"我又拿下来："嗯，帮芊芥也顺便带一条吧，她都不怎么出来买东西的。"烟桥的眼泪马上就流出来了："末穹，你别这样了，求你了。"我伸手去擦烟桥的眼泪，却不想再对她重复那些已经解释过千万遍的话。

哄了一会儿，她不再哭泣，我们就继续逛超市。我一个人推着小车边走边说："毛巾要两条，袜子要两双，龟苓膏要两个……烟桥，芊芥喜欢玫瑰口味的，你要哪个？"

回头看，烟桥却不见了。我脑海中浮现她红着眼睛歇斯底里的样子。我突然感觉害怕。

烟桥，我知道错了。我知道不该收留芊芥那么久。我知道不该总是和你在一起的时候却牵挂她。不该帮她买内裤、毛巾、龟苓膏……烟桥，烟桥，你不要赶她走啊。烟桥，你不可以伤害她。我已是她最后的去处。

烟桥，我知道你极爱我。

所以，求求你，放过我们。

家门洞开，没有任何声音。厮打呢？尖叫呢？震天动地的咒骂呢？没有一丝声音，更让我感觉恐惧。

我摸索着进门，看见烟桥跌坐在黑暗中，怀抱着已经绵软无力的芊芥。而右手举着那把我们用来剁肉的菜刀，凛冽恐惧。

"烟桥，放开芊芥！放开她。"

"行未穹，这就是你深爱的郑芊芥吗？呵呵，我要让你看着，她是如何一刀刀被我肆虐肢解的，你这个疯子。"

我近乎癫狂地扑到烟桥身上，夺下她手中哆嗦着的菜刀，一把插进她的胸腔。这一系列的动作浑然天成，仿佛我已在潜意识中排练至熟稔。于是，甜美的鲜血香气四溢，弥漫在我的脸上、身上。

我感觉晕眩，没有刺痛，没有伤心，没有恐惧，只是浑身哆嗦着，瘫软在地上。

我仍然不忘记对芊芥说："走吧，快走。去找棉里，你们躲得越远越好。"

芊芥，你是我十七岁生命中最初的动人女子，不愿你沾染些许是非尘埃。

没有人想到我会自首。

问题是烟桥的死，我跟芊芥，总有一个人逃不掉。如果我不认罪,芊芥势必就会背负上情杀的嫌疑,就算终究不是她的罪责,但人生从此蒙上黯淡颜色。而万一她为了我顶罪,说是为了和烟桥夺爱而下杀手,那就更是合情合理了。太过凶险的可能性,我必需避免。

而芊芥在我这边小住,除了烟桥知道,几乎从未曝光过。因此,我若是就此大包大揽,芊芥总是能够避免嫌疑,甚至根本不会被警察叫来录口供。

那样就好了。那样就太好了。

我只是个怀疑女友红杏出墙的丧心病狂的疯男人。我对烟桥咒骂,厮打,然后终下杀手。对,整个事件就是这样。我微微笑起来。

我双手戴着镣铐,坐在明晃晃的审讯室中,等待着最后的全盘交代。

录口供的警察终于进来了。他的步履踉跄勉强,忍耐着哭腔,哆嗦着问:"那么……你承认是你杀了她,对吗?"

"对,你是……棉里?"坐在我对面的,那个双眼红肿,形容憔悴的警察,竟然是芊芥现在的男友,尹棉里!

我把头凑过去,低声说:"棉里,听我说,棉里。现在芊芥应该去找你了,你快点带她走吧。这不关她的事。你放心,我全部都会认罪的。你要好好照顾……"

棉里像疯了一样,一把扯过我的衣领,把我的头往铁桌上猛砸。

他大声咆哮着:"你这个禽兽!你杀了芊芥!你杀了芊芥!禽兽!"

天哪,棉里,你疯了吗?你住手,我的头就像要裂开一样啊。

我杀的人是范烟桥，不是郑芊芥啊！芊芥她安然无恙地去找你了啊。棉里，你放手啊！你放手……

棉里的几个同事冲进审讯室，拼命地拉住已经无法自持的尹棉里，把血肉模糊的我送往急救室。

怎么了？为什么要这样殴打我？我不是已经态度很好地……认罪了吗？就因为，你的女朋友还对我念念不忘，想和我重修旧好吗？

哼！尹棉里，你真是个妒忌心强的……小气的……男人……

我蹲在高高的围墙下面，抬头望着墙上几个鲜红的大字出神：坦白从宽，抗拒从严。然后若有所思地扳着手指算日子。嗯，我算是很坦白很坦白地来自首了吧。那么，我什么时候能放出去呢？我一定要好好表现，争取早点减刑释放啊。

我站起身，拍拍屁股上的泥土。远处有两个囚友在对我这边张望着，我友好地对他们摆摆手。

冬季阵风吹过，我听见一个囚友说："快离他远点。听说他是个非常残暴的变态杀手啊，判了死刑，过几天枪毙呢。"

另一个说："是啊。因为初恋女友移情别恋，就把她骗回家拿东西，然后捅了十七刀，还藏在小房间里面。她的新男友好像还是个警察，找到尸体的时候，都发臭了哩。"

第一个说话的人又向我这看了一眼："肯定是一个神经病吧。听说警察发现他的时候，他正抱着一个从寿材店弄回来的玉女纸偶，还穿着严严实实的冬装，真可怕！拉他起来，他还一个劲地喊：'是我杀了范烟桥，是我杀了范烟桥！'"

"嗯，这个古怪的名字听说查遍了户籍簿子都找不到，因此精神科医生才会怀疑他是不是因为失恋而得了抑郁狂想症。不过鉴定的结果是好像一切都很正常，因此最后还是被判刑了。至于究竟有没有那个什么桥，连警察也糊涂了呢。"

"搞不清楚了。真的很变态啊……"

……

我转身看看后面，并没有别人啊。那么，你们是在说我吗？

呵呵，怎么可能啊？我怎么可能记错，或者搞错。真的是我杀了那个非常非常爱我的范烟桥。嗯，也许她比芊芥还要爱我，还要心疼我吧。

可是，有什么办法呢，经历了种种事情，我还是坚信，我最爱的女人，依然是那朵十七岁那年为我羞涩绽放的郑芊芥。

想到她，我仍有止不住的笑意。好吧，那就好好表现，安静等待释放的那天吧。

我终将可以再次回到十七岁那年的光阴，怀抱少年懵懂的眼神，于茫茫人海中寻觅此生惟一的，最初以及最后的爱，郑芊芥。

那日在街角看见的清纯纸偶，真的很像你。你知道吗？

FEBRUARY 二月 汤

我的单薄可怜的小小爱人，
我们真的如此相爱过吗？

先端上桌的竟是一碗汤。

沿生和藕互相看了一眼,然后打量面前的这碗汤水,混混浊浊的,样子很不好看。暗灰色的水面既看不出主料是什么,也无法揣度味道的甜淡咸腥。泥土黄色的瓷碗还有个缺口,然而闻上去却很香。沿生深吸一口气,一鼻子的奇异味道。

他看看藕,问:"你喝不喝?"

藕说:"要喝你喝,我可不想喝这种来历不明的东西。"

"可是这里没有什么其他好吃的,不喝就忍着饿吧。"端汤的阿婆立在一旁,在桌上摆了两只同一色系的瓷碗。

藕白了她一眼,然后又埋怨起沿生:"都是你,把我弄到这个烂地方来。"

沿生回过头对阿婆说:"对不起啊,请稍等一下。我还要跟她说点事情。"

阿婆仍旧没有悲喜面容:"那你们一边让一让,还有人排队等着。"然后迅速收拾好瓷碗。

藕"腾"地站起来,踢开凳子,向外走去。

沿生在后面喊:"哎,等等啊。我跟你说,还是喝点吧。这里没别的地方吃饭啦。"

藕仍旧踢踢踏踏往前走，沿生只好说声"抱歉"，然后快步追上去。

阿婆喊："下一位。"后面的人亦步亦趋地跟上来。

阿婆的面皮受到江风的长年侵蚀，已开始逐层风化。转头的瞬间，细碎皮屑被风吹得四散开来，洋溢着腐朽的味道。有些皮屑被吹到正滚热的汤里，倏忽一下，便荡漾沉底，遗失踪迹了。

"你等一下我。你看你这个人，每次都是这样。"沿生气喘吁吁地追上藕，拉住她的手。

藕用力甩开："你怪我什么？你自己看那汤能喝吗？别说跟我炖的汤比了，简直就是刷锅水啊。"

沿生很来气地说："别吹牛了，你说你炖的汤很好，可我一次都没喝过。"

藕瞪了他一眼，甩开手继续往前走。

"那你别往前走了啊，你看看还有路吗？"

藕停了下来，她发现自己的鞋子踩在泥泞的江岸上，退潮的水濡湿稀松的泥土。白色皮鞋沾满泥巴，漂亮的脚背已经一半埋进了湿地里。她甚至有些一步一陷，举步维艰。

"啊。"藕吓得尖叫起来，仿佛地面有双恶魔之手拉着她陷落。

沿生把她背起来，几大步迈出了这段泥泞。藕的双腿还在不安分地踢他，他的裤腿也被弄得污糟糟的。

藕喊："你干吗要带我来这个地方啊？"

沿生不说话，只是背着她上了另一条小道。深秋的气候相当阴暗，江风肆无忌惮地吹，让藕打了个寒战，缩了缩身子。沿生把她放下来，脱下外套，给她披上。然后继续背她，继续往前走。

小道上没有什么人,但路并不难走,一个石阶一个石阶通向背离江边的方向。路旁的干枯枝桠划破了沿生的手臂,藕弱弱地叫了一声,沿生却一声不吭地继续走。藕发现他的若有所思,便也安静下来。

可是,这条路究竟要通向哪里呢?

转弯,又走了几步,沿生放下她。

尽管藕的腿已经麻了,她仍旧蹦跶了三两步,跳到沿生前面:"这里是……"

雾气仿佛一下子降临下来,能见度低了很多,整个光线像太阳落山前的最后一点点。藕费了很大力气才分辨出前面的狭小空地上是一座灰色院落。

藕满腹疑虑地缓缓走近,淡灰色砖墙呈现眼前,似乎还破了几个洞。藕低下头,看见苔藓覆盖,洞中有微小生物进出。她把眼睛凑到洞口,她看见里面是一块三个篮球场般大小的草地,一端有很高的飘扬着国旗的旗杆,另一端是一个简单的球门。周围有低矮的平房,三方包围着操场。几个三四年级的小男生在草地上追逐着一个皮球。

藕没料到这里竟然还会有一所小学,惊奇地"呀"了一声。小男孩都好奇地停止追逐,往这边看。她看见其中一个男孩曾在他的照相册里见过。

一模一样的神气。

藕欢喜地叫:"你是沿生吗?原来这是你念书的小学啊。"

沿生想起,他们曾为他的家乡激烈地争吵过。

那时他们已恋爱半年多。虽然藕的脾气一直不是很好,沿生却乐呵呵地忍让着。她埋怨他不重视自己，约会常常迟到三两个小时。她所要的不过就是时刻占据他的心窝却自己享受自由。她罗列他所有的坏毛病并坚决禁止它们再次出现，却以自身的娇生惯养为荣。她认为他出自农村便要如何自卑敏感，能得到一个城里姑娘的垂青已属幸运之至。她强势的优越感在与他的相处中肆无忌惮地张扬着。

沿生并不以为意。他心里笃定的事实是他很爱她。而掩藏在她孤傲外表下的却是极度不自信和对爱情的紧箍不放。那些苛责的、伤害的话仿佛梵音入耳，他总是愉悦地承受。

他真的一点儿都不会自卑敏感，直到她那么认真地漠视他的过去。

一日，沿生说："我带你去我家吧。见见我爸妈，春天的时候大片的油菜花很漂亮。"

藕头也不回地继续PSP游戏，问了句："去那个鬼地方干什么？"

沿生说："要做我家媳妇儿，当然得去拜见公婆啊。"

藕说："可以接他们来这里嘛，我实在不想跟那些民工一起挤火车。你家那个鬼地方又没有飞机的。"

见藕不乐意，沿生也就不再继续这个话题。

又一日，他们在橡木地板上铺了温软的地毯，然后铆足劲做爱。从清明的早晨直到苍老的日暮，来来回回进进出出多少次他们全然忘记。

沿生如父亲一样包裹着她，温柔地说："藕，我带你回家看看吧。"

藕同样美好地说："嗯，想看看你念书的地方呢。"

是啊，他曾经朗朗读书，他曾经追逐奔跑，他曾经徘徊流连。教室、操场、田野、山岗，是他完整生命不可缺少的标记之一。他期待与她一起分享，融入彼此最初的记忆。

再一日，又一次。沿生再提起共同回老家的事件，藕要么不咸不淡地扯开话题，或是与他发生激烈争执。从她口中说出的贫穷肮脏混乱残破的地方是他的家乡吗？沿生觉得反胃，他突然深刻意识到无论读了多少书，或是行走了多么远，仍然洗脱不掉卑微的出身和贫贱的过往。

他只是讷讷地说了一句："对，穷人都没有资格谈爱情，没有资格娶媳妇儿。"再也不提携手归家的憧憬。

"你说话啊。我不知道离我们这儿这么近，不然我早就跟你去玩儿啦。"藕推推沿生。

沿生看着眼前的女孩儿，心里想说的是：既然很爱我，何苦还要这样践踏我？他想了想，觉得这话太酸，于是用"嘿嘿"两声笑带过。

"喔，我要进去看看啦。"藕站起身来，长时间的深蹲让她脑部缺氧，着实晕眩了一小会儿。

沿生赶紧扶着她。

再睁开眼睛，眼前却是另一番模样。

陈旧的校舍不见了，青色的草地不见了，快乐嬉戏的小男孩不见了。藕揉揉眼，看见前方的小径通向幽静的水乡。

"我还没来得及跟小沿生说话呢！还是刚才我饿出了幻觉？"藕有些难以置信地看着沿生。

KISS LOVE, BUT YOU KILL LOVE

沿生不说话，牵着她的手，一起往前走。刚才的沉沉暮霭被透过云层的光线遣散，他们看得清路了。

过的第一道桥，叫做"风雨桥"。临河的小街蜿蜒细长，两侧栉比鳞次的是清一色的乌檐青瓦。小楼屋檐比翼，上透一线天空，下照人影一双。藕越看越眼熟，但显然无法相信自己的眼睛。

她辨认了许久，吞吞吐吐地问："这是白镇？"

沿生笑道："你还记得我们怎么认识的吗？我们牵手一起走过了这座风雨桥。"

藕想起白镇老人们的传说，一起走过这座风雨桥，就没有什么风雨不能经受。想到这儿，她紧了紧披在身上的他的外套，觉得温暖许多。

她亦没预料到沿生竟然带她重回那个最初遇见的地方。

假期的时候，大学二年级的藕和一群姐妹去白镇玩。

她们坐着颇为颠簸的小车，耗费了几个钟头的时间来到这里。刚下车，她们就发现已经迷路。长途汽车是不到景区的，这些毫无经验的女孩们根本没有提前做任何准备。她们只是因着媒体大肆宣扬这是一个适合恋爱的地方，想来碰碰运气而已。

她们问了很多人，却方向感极差地找不对路。兜兜转转绕了一大圈，然后叫三轮车把她们送到景区，她们才发现车站离这里不过数百米的距离。

彼时，天已经快黑了。

她们兴冲冲地准备去售票处买票，听见一个男孩的声音说："见鬼了，天黑了，你们还买票做什么？钱多啊？"

于是她们跟着男孩进了景区。

那个男孩自然是沿生。后来他说,他是第一眼就中意藕了。因为他想起《似水流年》里美丽绝伦的故事便发生在缀着红灯笼的长廊边。所以他会管这件闲事。他想试着让她爱上他。

沿生是来这里拍照的,是他个人爱好而已。念理工科的他因为有独特的审美和巧妙的技术,赢得了相当多女生的青睐。他并不受用,仍旧执拗地用古老型号的相机拍无聊的静物。

遇到这群女孩,沿生却慷慨地敞开他的镜头和胶卷,把她们的嬉笑、新鲜囊括于镜头之中。他想,即便两日后各奔天涯,也有美好相片保存。

记忆可以一直芬芳。

他们在醉倒的酒坊里喝三白酒,吃麦芽糖和青豆;他们在染坊悬挂的巨型蓝印花布下追逐嬉闹;他们听夜晚的淙淙流水声,细心挑选一家干净实惠又临河的民居。他的镜头里大部分都是她的身姿。

她感受得到吧?她一定感受得到。

第二个夜晚的又一座桥边,女孩安稳地靠在男孩身边睡着了,男孩手拙地偷偷在她胳膊上系上一枚银锁。

"嘿嘿,刚谈恋爱就想锁住彼此一世一生,可真够贪心的哦?"

"那可不一定,遇见对的人,一生一世都不够哦。你说是不是?"

她的小姐妹在旁边窃窃私语,她却幸福地假装睡着,任他一圈圈在她胳膊上系着红线。越牢越好,越牢越好。嘻嘻。

天明的时候,沿生利落地打好包裹,对这群女孩笑着说再见。藕亦没有挽留。她知道遇见的这个男子兴许来自天涯海角,抑或深山老林。关于他的底细她无从知晓。她从不想让自己的想念颠沛流离。

在回城市的长途汽车上，沿生开心地看见藕坐在第三排靠窗的位置。在一起的两天，他们竟然悲观地从未敢问起对方来自哪里，彼此都害怕那是一段几亿光年的距离。

沿生坐过去，牵起她的手指。他知道这一段回家的旅途，已没人能把他们分开。

想到这些，藕是有些难过的。她分明看见前方不远处，一对情侣亲密地腻歪着，那是曾经的男孩沿生和女孩藕。

藕拉拉衣领，说："沿生，太冷了。咱们回去吧。"

她回头，看见沿生也望着那对男生女生出神。藕隐约看见沿生眼角的潮湿。她想，沿生应该也是很难过的吧？

许久，沿生说："嗯，那走吧。"

然后又说："走了，就不要回头。"

藕牵起他的手，沿来时的路返回。她还是忍不住回头看，那些笼罩在青色暮气中的景象逐层消退，慢慢终于消逝不见。

她的锐气全被这幻境濡湿，再也嚣张不起来。

眼泪如疾雨。

是啊，谁偷偷拿走了那些只属于少年记忆的时光？谁都曾甜蜜过，谁都会在拥有时肆意妄为，然后一去不返，终于一无所有。

藕也不觉得冷或饿。她知道是黯淡的天色光景让两个人的心情都极其不好。她越来越理解为什么这一段路程沿生几乎都不吭声，她也不在意那些过往景象究竟来自于想象抑或自然界的海市蜃楼。

重要的是，他们都曾真实地抵达过这里。

她又转头看沿生。穿着白色衬衣的单薄身体很有节奏地行走着。黑色头发被江边雾气罩湿，呆呆地覆盖在他的头上。看不清表情，嘴角还是一贯地微微撅着，眼睛不知道看向哪里。

藕觉得他的讨喜的模样依旧是让她动心的。如果站在身边的依旧是那个端着镜头的微笑男孩，她依然会毫无芥蒂，不顾一切地沉陷其中。

可是，究竟是什么时候开始，你变得越来越沉默，越来越不愿意欺哄我了呢？

我的单薄可怜的小小爱人，我们真的如此相爱过吗？

沿生开始有酗酒倾向是在某一次争吵之后。

他并不对很多事情记仇，就算她一再拒绝农历新年跟他衣锦还乡的美梦，也一再彰显出对于城乡差异的讽刺。然而这一切，全都是沿生督促自己更加努力工作的动力。

沿生想，藕可以看不起自己的家乡，甚至看不起自己的父母。但是她不顾家庭反对对于这一份爱情的坚持，让他感动并且受用一辈子。他会证明她没有选错人，他也会用自身实力来改善父母的生活，不想不愿拉扯她家一分钱。

于是沿生很努力地工作。他花别人几倍的时间来达到最优质的业绩，他不依不饶地从底层一直做到管理人员，薪金涨了几倍，却始终未曾歇息。整栋大楼最晚关电脑和门的人总是沿生。他从来拒绝一切毫无意义的应酬和玩乐，他觉得浪费时间，且自己人生的真正兴趣并不在于此。

人生的主次矛盾和利害冲突，他向来清晰地抓在自己手中，只抓在自己手中。

一开始加班的时候，他会接到藕的电话，告诉他此时此刻她在哪里。她会撒娇地让他一起来玩或是接她回家。他大多数会尴尬地拒绝："宝贝，我还没忙完，你早点回家啊。"藕通常挂了电话，无奈地对玩伴们解释："没办法，他一直不喜欢声色场所。谁叫都不来的。"

此时此刻的藕在父亲的安排下有一份简单从容的工作。八小时以内按部就班，八小时以外自由安排。薪水一般，社会地位一般，未来前途也一般。这样的工作类型，天生是为没有太大生存压力，只为正常的人生准备的。

藕也常常纳闷：原来的沿生快乐而有情趣，会把一帧帧图片拍摄得古灵精怪。她不知道，正是自己与生俱来的优越感和居高临下的态度，让沿生拼了命，发了疯一般地往前赶，把细枝末节和无关紧要通通舍弃。他没有她那么从容，可以尽善尽美地享受人生的每一个细节。

每次藕看到沿生因为自己放肆的语言而感觉受伤时，都会想：反正我一直是这样。从你认识我，爱上我那时就是这样。而你很爱我，我很爱你，那便足够。

藕慢慢开始遗忘沿生。他们仍是居住于同一屋檐下，仍是每晚会花一点时间商量逐渐逼近的婚期，何时交房，如何装修，婚纱和酒店究竟订哪儿。而更多的时间却是彼此心照不宣地淡忘。

他忙他的工作，她忙她的交际娱乐。他有一圈紧密的工作伙伴，她也有自己的爱好死党。他们都以为在各自的圈子中生活美好,风平浪静。

那一日,他好不容易完成了一项艰苦的工程,逃离团队的庆功宴,兴冲冲地回家和她一起庆祝,却发现她并不在家。

他想,也许这种过程的快乐自己独享更好。这已是他多年来努力的一座里程碑。他只需把美好的结果告诉她,让她惊讶,让她骄傲,便好。

也许她会开心地为他做一顿丰盛的晚餐,会有她曾经提到过的最拿手的那道汤品吧。

沿生去超市买了野山菌、豆腐、笋,还有咸肉。他隐约记得她说过,用这些材料慢炖出来的豆腐会多么嫩,汤会多么鲜美,营养价值会多么高。

走到楼下的时候,他看见出租车里是藕和一个陌生男子在轻薄地接吻。

袋子滑下来,瓶瓶罐罐的东西散落一地。

"答应我,以后别喝那么多酒好吗?"藕很温柔地捏一捏沿生的手指。

沿生望着她温柔地笑笑,却说:"刚认识你那会儿,你就总说自己炖汤的技术是多么高超,却从来没为我做过,觉得自己好失败啊。"

藕很羞赧地低下头,她知道自己逢场作戏的次数很多,调情浪荡的机会也很多。在那样的愉悦场所,男人和女人是只有一种方式让彼此感到快乐的。可是,她真的没想到会被沿生看见自己和别人在出租车里激吻。甚至当沿生激动地扯住那个男人的衣领时,她竟然支支吾吾说不出那个男人的名字来。

她知道自己玩得太过分，却仍旧嘴硬地喊："是你不陪我，是你不陪我。我不要一个工作狂，我要一个能够陪我了解我的男人。"

沿生丢开那个男人，她的理由虽然听来牵强却击中他的软肋。这也是他在潜意识中一直逃避的问题。长久以来，他或多或少地都在用工作当作理由来逃避和她生活中的差异。那些她奚落他的语言，那些她在生活中表现出来的优越感，其实早就默默潜入、摧残他的心灵肉体，让他感觉恐惧并不自觉地逃避。

那么就是说，他们在相爱最基层的问题上出现根本分歧。不是一个世界的人，价值观不一样，生活重点不同，想要的不一样，无论哪一种说法，都可以逼迫这段感情轻易解体，已不仅是寂寞惹的祸那么简单了。

于是沿生开始喝酒。每日正常上班，下班后遁行于各个酒馆酒吧，尝试各种奇怪并且憎恶的液体，且每次都喝到极致，烂醉如泥。他是想了解宿醉的感觉，了解酒精的疗伤作用，了解究竟在怎样的精神状态下，人可以为所欲为，忘记一切前尘往事。

慢慢地，他爱上这种感觉。仿佛有很多人陪在身边，绵绵软软，絮絮叨叨。仿佛有种安全感一直支撑着他，从他走出办公室，一直到第二天重新回去。他喝得醉醺醺的时候，抱着一瓶已经过半的廉价洋酒，快乐地说："喝醉的感觉就像爱上一个人，义无反顾啊。"他知道自己在心底仍然期待，在他宿醉堕落中回到家之后，能有她的着急，抑或责怪。

也许会有一碗热汤的关怀，能让他流着眼泪喝完。

不知不觉，藕已经泪流满面。

"沿生，我竟不知道你过得如此辛苦。对不起，对不起。我们这就回家，我好想好想炖汤给你喝啊。"藕搓搓他的手，想要让他温暖并且开心起来。

似乎从认识到现在，藕从未对沿生如此亲密温柔过。沿生在心底对自己说：这样一个趾高气昂的青春女子，配他已属委屈。她偶尔的浪荡，自己又何必如此斤斤计较？她是他爱的女人，也那么爱他。

沿生笑了，他感觉前所未有的明朗蔓延开来，天空仿佛也浸润了淡蓝颜色。沿生说："好，我们回家吧。"

"可是，"沿生又想起来什么，"这里是哪里？我们来这里做什么？"

藕诧异地叫："啊？不是你带我来的吗？可是，是来旅游，还是其他事情，我，想不起来了。"

两个人开始打量四周的景致。什么童年的小学校，什么氤氲的白镇，什么争执的城市，也许都只是刚才对答中的幻景。周围压着黑沉沉的群山，没有什么人气。地面是凌乱的石子滩，没有什么路径。生长着干枯枝叶的植物遍布四野，看不出四季和晨昏。

两个人有些慌乱了，这是怎么走的呢？怎么就走到了这样一片荒芜的景色当中来了？

沿生想出主意："我们还是沿着原路返回吧。先找到江边的那个卖汤歇脚的阿婆。那边人比较多，问问这儿到底是哪里，该坐什么车回去。"

他俩沿着坑坑洼洼的路往回走，心里却不觉辛苦。也许什么都能有一个崭新开始，藕还轻快地哼起小曲。

大约行进了二十多分钟，藕感到周围的水汽和风逐渐大了起来，她收紧身上的衣服，转头看沿生，快乐地冒着满头汗。

果然，很快看见了江岸，天色愈加漆黑，潮水蔓延至汤铺旁，岌岌可危的样子。然而铺子旁却有黑压压的人潮，比他们来时更为拥挤。

"看来这里的生意真的很好啊。"沿生觉得肚子饿了，拉着藕的手一路狂奔。

"哼，你不要喝我做的汤了啊？"不过藕转念想，来日方长，好像那些汤品真的很诱人。那就饱餐一顿，然后回家。

"让一让，让一让。"推开拥挤却安静的人群，他们挤到桌前。

人群并无多少愤懑的情绪，大家只是安静地排队，包围，默不作声。

"阿婆，我们回来了。该给我们上汤啦。"沿生和藕坐下来。

阿婆看了两个年轻人一眼，什么都不说，把两碗汤端上桌。

还是泥土黄色的有些破损的餐具，里面的汤水混沌不清，发出幽幽气息。似乎水温温的，不烫也不凉。

沿生饿坏了，端起碗"咕咚"地喝了一大口。没有什么味道，咸淡辛辣，什么都没有，只觉得品尝了一口黄黄的水。他有些失望，为何什么内容都没有呢？他刚想抱怨这些汤水实在名不副实，却觉得脑袋疼了起来。

"该死，吹了太多的江风。藕，你没事吧？"沿生看着同样饥渴的藕猛灌掉了一碗汤，然后转头看见立在一旁的阿婆对他们微微笑起来。

沿生的背部冷汗滋生,他突然想起来一件事,仿佛电影画面在他眼前穿梭而过。

那日,已经连续三日醉酒未归家的沿生接到藕的电话,她哭着求他原谅她的冷淡与荒唐。藕在电话里说:"沿生,沿生,别再喝了。你想回家,你想去儿时的学校。我陪你去,我这就陪你去。"沿生感动地许诺一切重新开始。他开车来接她,他们计划连夜赶回他的家乡,他出来这么多年曾坚定许诺一定要带她回去的家乡。

尚未出城,车子侧翻河沟,损伤严重。

车中的沿生鲜血淋漓,而眼前的藕早已昏沉得摇摇欲坠。他挣扎地想要唤醒藕,却发现无济于事。他停止求救,任由过往点滴重要片段在脑海中逡巡而过。他惟一庆幸的是,在他人生弥留之际,分明已经带着他爱的女子藕,回到童年的小学校,回到初遇时的白镇,回到以前美好又寂寞的时光。均是与你有关。

"下一位。"孟婆面无表情地挥手,离散的皮屑纷纷扬扬。

沿生和藕站起来,灰色瞳仁已经把前尘往事尽数忘却。他们跟着黑压压的大部队向江边走去,等待渡江,去到时间的另一个尽头。

他们终于知道,不是什么都来得及。

MARCH 三月 惊蛰

对于一些人，繁花刚刚次第绽开；
对于另一些人，却花事已了，徒剩空寥。

"苏三离了洪洞县,将身来到大街前,未曾开口我心好惨,过往的君子听我言。"

大台上锣鼓喧腾。苏三上了枷子,再也整不好水袖,只在那里凄凄惨惨地叹着。

小归将神儿又移到少爷身上来,少爷正神情专注地听着戏,小归爱极了此刻少爷眼里流露出的万种柔情。

今儿个是少爷二十岁的弱冠礼,老爷包了戏院的场子请少爷看戏,唱他喜欢的《苏三起解》。

少爷的年纪和性格,在小归看来,不该喜欢这些老气横秋的玩意儿。她宁愿少爷像隔壁林家的小少爷,整日痴迷于骑射和博弈。那些项目无论动静,皆于成长有利。可少爷的双十年华却有些喑哑暗淡,不是整日读书写字,间或去老爷的布庄溜达一圈,就是往戏园子跑,一泡就是三四个时辰,百听不厌的样子。

这项娱乐委实无趣。小归对舞台上的"咿咿呀呀"并不感兴趣,四下打量着围拢四合的戏园子。梧桐木的楼阁,略显陈旧的戏台,台上的可人儿娇啼涟涟,台下的应和寥寥无几。偌大的戏园子,疏疏落落几个家仆,惟一坐着的少爷听得入迷之极。

小归想:少爷也就二十岁了。然后又抬眼看少爷,少爷的眉目间越发地富有男子气息，清瘦白皙，剑眉星目。小归越看越欢喜，禁不住喜滋滋地笑出声来。

苏三泣涕涟涟，被官差押解走了。

出了戏园子，已是星夜灿烂。

枯立了一下午的小归饥饿疲惫，只想赶紧随少爷回府休憩。少爷却意犹未尽地回唱着她听不懂的调调。一时间，京胡声、铙钹声、堂鼓声，再加上花旦的吟咏声，弄得小归的脑袋"嗡嗡"直响。

迎面娉婷走来的人，小归看也没看清，便撞到了她的花衣衫。

"哎，怎么回事？"对方小姐的丫头惊叫起来。

小归踉跄了两步，这才站稳，看清迎面的人，说道："对……对不起，初初小姐。"

初初小姐和颜悦色，她安稳地扶好小归，然后对着少爷欠一欠身。

少爷很有风度地行礼，微笑着说："初初小姐好。夜如此之深，不知小姐赶往何处？"

初初颔首低眉："嗯，前往春实戏园看夜场。"

少爷笑道："初初小姐也喜好风雅梨园？改日有了好班子，定邀请小姐共赏。"

初初轻笑致谢，领着贴身丫头移步前行。少爷和小归让开道路，半躬着身子，目送初初主仆二人离去。

是夜，小归伺候少爷沐浴更衣。

少爷把小归挡在屋外，说了句："你歇息去吧。我自己来就可以了。"

小归"哎"了一声，满眼诧异地抬头看少爷。

少爷笑笑说："今儿个你也累了。"然后便掩上了房门。

于是，小归舔破了窗纸。

少年的身子缓缓展现，氤氲的雾气，迷离的烛光，那屋内的浴者美丽而神秘。

小归看得脸发烫，忙捂着脸说："怎么了，怎么了，少爷的身子又不是没瞧见过。今儿个怎么烧成这样。"

屋里面少爷在叫了："小归，快帮我添点热水。"

小归心头一阵欢喜，忙不迭地应着，便推了门进去。

她知道：少爷是离不开她的。

弱冠之后，少爷的确是有大人的气息了。不在家好吃好喝，整日里都泡在老爷的布庄里。

看少爷出息了，小归打心眼里高兴。她的少爷不是纨绔子弟，是出色的生意人，是可以放心依靠的好男子。

小归也有苦恼，小归不能再终日伴在少爷身边了，不能再像以前那样为少爷沏茶，为少爷磨墨，为少爷更衣。小归也不明白，少爷为什么不肯带着她去布庄，就像从前带着她一同玩耍一样。不过小归也不怨少爷，她认定少爷是有原因的，少爷总是对的。

于是闲下来，小归便终日思念她的少爷。

有时候，每当小归在宅子里熬得受不了了，便借口去买些丝线胭脂等杂物，跑到布庄对面，远远观望着。少爷多半不在店堂里，可能在账房里算账或是在库房里清点吧。小归便眼巴巴地等着，等那个男人的出现。下晚的时候，少爷才踱着四方步——小归觉得少爷走得很好看——和他的男仆溜达到街上来了。

　　小归每每认为少爷是要回家了，便抢先一步回去候着。可往往到了掌灯时分，少爷才走进屋门。小归很担心少爷是不是交了什么狐朋狗友，可她不敢问少爷。"男人的事，女人家是不可以问的。"这是小归常常听到老爷对夫人说的话。小归便把它作为金玉良言，牢牢记在了心间。

　　自那天以后，一条硕大的鸿沟横亘在小归和少爷之间，少爷此前的生活从现在起全部与小归脱节。她怅然。

　　"英台呀，你看天上——云遮孤月孤月躲。天不懂情，孤月知情。"大台上正演着段子。看那演梁山伯的戏子，美目盼兮，巧笑倩兮，好一个俊朗标致的可人儿。若不是身着男装，倒真也分不清是男是女。

　　立在一旁的小归看看台上的戏子又看看台下的少爷，真不明白这捞什子大戏有什么好看，让少爷每日光顾，竟忘却了归家。她又转头看那头席座的初初小姐，心情很好地就着节奏打拍子。

　　听到精彩处，少爷和初初小姐相逢知音地对视一笑。

　　小归看得气不打一处来，遂想起那天气候反常，二月里的天气便春暖花开。少爷忽然唤她，许久不曾被召唤的小归欢天喜地，没想到却是被差遣去帮她约会初初小姐一起看戏。

　　拿着少爷亲自书写，打上火漆的信笺，小归不情不愿地安然送达。

　　收信的丫头次许饯了小归一句："你们少爷也真没诚意，也不说自己送过来。指不定我们小姐有没有空呢。"

想到这儿，小归又白了一眼立在初初小姐身旁的丫头次许，暗想：哼，还搞得那么清高，还没空。没空不还是忙不迭地答应下来了！我们少爷家世、人品、相貌，配你家小姐还不绰绰有余。

次许看见小归白她，丝毫不让地拼命丢回白眼。

一场终了，少爷和初初小姐并肩走出。小归和次许跟在后头。

少爷道："这一场戏，感觉如何？"

初初小姐道："高音亮，低音厚，唱词清晰，然而丰满度和后半段亲切感较差。"

少爷赞赏地点头："小姐所言极是。所谓瑕不掩玉，这一场应算得十分精彩了。"

二人互相致意，就此别过。

回府的路上，小归一直闷闷不乐地跟在后头。她在心底不得不承认：这个初初小姐丰姿绰约，美貌可人，和自家少爷倒是相当般配的一对呢。

少爷突然问："小归，你觉得初初小姐如何？"

小归按捺不住心底妒火："三停平等，五岳朝归，芝兰不带，自然体馨，本是脱俗之相貌。然而看初初小姐眉目轻佻，总是与台上的戏子眉来眼去，似乎不适合迎娶为伴侣。"

少爷斜睨了小归一眼："看你小小年纪，观察还挺仔细。"

小归道："自小跟着少爷读书认字，自然有所感染。真希望能一直跟着少爷，伺候少爷呢。"

少爷却自顾自地来了一句："我也这么觉得呢。"

小归一愣：少爷是在回应我吗？她想想觉得不太对劲，却又玩味不出其中的滋味了。

KISS LOVE,BUT YOU KILL LOVE

"咿咿呀呀"的胡琴小曲，仿佛断了线的离人，仿佛断了气的爱情。在风雨飘摇的天桥上，上演一出出的男欢女爱。

可惜看的人津津有味，演的人却不入戏，各有各的盘算和心机，悄无声息地厮杀着。嗅不出味道的，反应稍慢的，即刻被人披挂染指，纵然不情不愿。

这样的道理，小归不是不懂，只是看不真切，不知何时到来。

也许只此一次，她就成了输家，此生落败，再也翻不了身。小归不愿意自己的命运随风飘摇，暗暗担心少爷和初初小姐情投意合，好事将近。可是自己一个低贱内侍，怎可能指望登堂入室，成为大房？

可是，如若初初小姐无法生育呢？如若初初小姐惨遭横祸呢？如若自己……不知不觉怀上少爷的骨肉呢？

小归被自己夸张而恶毒的想法吓了一跳，却已然遏制不住思绪想得天花乱坠。

是的，只要成为你的侍妾，小归此生便再无所求，丰富圆满了。

正想到这儿，突然被一只手掌拍了一下，是她曾经熟悉的力度和温度。

小归回头，是少爷。小归迎着阳光看他，瘦弱的楚楚少年笑得光鲜灿烂。小归觉得有点儿恍惚。多久没见着少爷亲和的笑容了？是儿时油菜花地里的春风，是手把手研磨书写的贴合，是朝夕相伴不离不弃的定心。

少爷问："想什么呢？"

小归这才回过神，不好意思地低下头来。

少爷说："有事想托付于小归，不知是否方便？"

小归愣了，成年后便亲疏有度的少爷竟然如此客气，赶紧说："少爷的事便是小归的事，少爷敬请吩咐，小归定当全力以赴。"

少爷笑道："好。"

如此这般这般，少爷便低首授予小归。

今儿个老爷大发雷霆，因为街头巷尾都在流传的一则桃色新闻。

老爷坐在厅堂大吼："把我那个不孝子给我叫过来！我要问问他究竟怎样搞出这种事情来的！"小归被吓得瑟瑟发抖，因为流言都是她在少爷的吩咐下流传出去的，若是老爷追查下去，或是少爷把自己招供出来，那后果……

小归越来越不敢想，吓得浑身汗涔涔地奔到书房找少爷。

少爷却慢悠悠地在作画。

小归喊："少爷，老爷在发脾气呢，正找你过去。你，你可……"小归支吾了半天，也实在不敢把话说出口。

少爷将毛笔一搁，笑嘻嘻地看着小归："放心吧，有我在呢，不会有事的。"然后大步流星地向前厅走去。

是啊，小归耳根子发红，少爷自小如何对待自己又不是不知道，怎么能怀疑少爷会坑害自己呢？

小归放心了不少，赶紧跟了上去。

府中上下老小基本都到齐了，颇有三堂会审的气势。老爷和夫人叹息连连："儿啊，怎么坊间都在流传你和初初小姐的事端啊？有闲人说昨夜看见你们二人在街角幽会，做些不堪入目的事情。还有人说曾见你们二人携手逛戏园子。男女授受不亲，你快点儿说出实情。"

"父母大人，皆是事实。"少爷从容不迫地应承，还对角落里惊魂未定的小归眨眨眼，"是那初初小姐差遣丫鬟三番五次约会孩儿，只是孩儿并无意愿。一起看戏也只是爱好相近，偶尔遇见。因此，昨夜孩儿特带着小归一起跟她解释清楚。孩儿保证，今后再不会跟那初初小姐有任何瓜葛。"

什么？小归不敢相信自己的耳朵。少爷吩咐自己去街坊间散布他和初初小姐的闲言碎语，目的不是为了造成木已成舟的事实，好顺利提亲迎娶初初小姐吗？

昨日刚接到这个吩咐，小归失落至极。心想，担心发生的终究还是发生了，可又无力扭转乾坤，只得像以前那样按照少爷吩咐的去做。

小归真个儿被少爷搞糊涂了。

老爷叹了一口气，摆摆手说："既然如此，张妈，准备聘礼。咱们择良辰吉日去提亲吧。"

少爷惊得冲上前来："父母大人，这样行事有欠妥当！孩儿已经说了，自己对她并无情意！"

老爷"啪"地摔了一只茶杯："无论你们二人是否登对合适，必须成婚！你已经坏了初初小姐的名节，她以后还如何寻觅到婆家？你不负责到底，天理难容！这门婚事，不成也得成！"

少爷甩出一句："恕孩儿难以从命。"然后甩着袖子，奔出家门。

老爷被气得瑟瑟发抖。

这时门童来传报："初初小姐双亲登门拜访。"

"该来的终于来了。"夫人叹了一口气，起身去应对。经过小归身边时，恨恨地说："若让我知晓究竟是谁在外界如此诳言，定不能轻饶。"

小归几乎是颤抖着双腿奔出府去。

她有太多的问题要问少爷。这样授意她去传闲话却并不愿与初初小姐结连理，徒然坏了初初小姐的名声，这是为何？老爷夫人若真是追查下来，很快便会回溯到她这个源头上来，自己该如何是好？

果不其然，少爷是在春实戏园看戏。今儿个演的是一出《玉堂春》，台上的戏子唱得咿咿呀呀，台下听戏的少爷竟然泪流满面。

小归愈加困惑，心疼少爷是真的伤了心，动了情了。

可是，这伤心动情的对象究竟是谁呢？小归不敢做声，只好木讷地立在一旁。

半晌，少爷发现小归在一旁静默了许久，动容地说："小归，原来风云幻变之后，守在我身旁的，竟然还是你。"

小归激动地红了脸庞："少爷，您别这么说，小归会一直守在少爷身旁，只要少爷不嫌弃。"顿了顿，又觉得不妥，补充道："老爷夫人也是为你着想……"

"够了。"少爷一脸不悦，甩手出了戏园子。

一整晚，小归都不敢多言，她安静地立在屋子角落里，时刻等候少爷的吩咐。少爷则忙活活地在橱柜前收拾着什么。

小归止不住好奇地问："少爷，您这是要出行吗？"

少爷不发一言，把一件件物什打包。

小归噤声，心里却止不住猜测：少爷究竟心意属谁呢？不是初初小姐，甚至坏了初初小姐的名声，弄得她声名狼藉。那究竟会是谁呢？少爷这样打包行李是要去哪里呢？会是和那个对象私奔吗？

小归忐忑不安。

临吹灯的时候，少爷在帐子里瓮声瓮气地说了一句："小归，你跟我也这么多年了。我过几日安排好了一走，你也没着没落的。我尽快物色人选把你嫁了吧。"

小归一惊："少爷，您不愿意带小归一起走吗？小归愿意一辈子伺候您。"

少爷好像没有听到小归的表白，又喃喃自语了一句："嗯，那就嫁给管马房的男孩儿吧。"

小归着急了："可我早就是少爷的人了！"

帐子里一声闷吼："那些儿时的荒唐事，你还提了做什么！"

小归有些害怕，她想帐子里该是怎样一张骇人的脸。

少爷又补充了一句："别想用这事要挟我。告诉你，别有什么非分之想！"

小归呆了呆，便端了盆出去了。

自八岁被买过来，小归整整做了少爷十年的贴身丫头。

小时候少爷身子弱，不肯吃药。每一口都是小归含在嘴里喂了少爷的。因为少爷说她嘴儿香甜，喜欢亲她的小嘴。小归又想起少爷十六岁那年第一次要了她的身子，也要了她的心。从此以后，她小归便生生世世是少爷的人了。

那十年，是充满回忆的，只属于她和少爷的十年。

而现在，面前躺着的这个深爱的男子，这个本打算追随他一生一世的男子，却突然要把她嫁给马夫，却突然不要她了。

小归依旧不怪少爷。小归想，少爷是被逼婚气冲了头，才把怒火迁到她身上来的。

小归想做最后的努力，她便到夫人面前哭诉。她害怕少爷在气头上真的把她的婚事给办了，那可就糟了。

夫人本来心头就乱，听到小归"呜里哇啦"大哭一通，恨恨地说了一句："这孩子，自己的事不操心，倒管起下人的事来。"

夫人又斜了一眼泪眼婆娑的小归，说了句："不过这主意也不错，就这么着了吧。"

抽噎着的小归听了这话便真的呆住了。半晌，小归轻轻说了一句："夫人，少爷可能打算……嗯，离开这里。"

低贱如小归，也可以在所不惜，放手一搏。

府里乱了套了。

为防止少爷离家叛逃，老爷动用了所有家丁团团包围住少爷的居所，所有门窗被木板牢牢钉死，每日由小归端茶送饭，其他人等不得自由出入。

夫人并未向少爷透露风声来源。如此一来，少爷便可只属小归一人了。

少爷极度颓丧，滴水未进，粒米不沾。任小归如何苦苦劝慰，他仍然倔强地闭目不语。不，也许他已经堕入绝望的昏睡中。小归已经不知多久没有这么仔细地看过熟睡中的少爷了。

小归此刻虽有独占少爷的快感，但她仍然担心少爷的安危，片刻不敢离开。

不知过了多久，小归转醒过来，发现自己竟然伏在床边睡着了。而少爷正在书桌前疾疾地书写着什么。

"少爷，快披件衣服吧，当心着凉。少爷，是不是要吃一点儿什么?"小归关切地问。

"小归,再帮我最后一个忙,行吗?"少爷面容憔悴地递给小归一封信,"务必帮我把这封信转交给春实戏园的子若。就是我常常看戏的那个。"

子若,子若,便是那个在戏台上涕泣涟涟的苏三?是那个在戏台上女扮男装的英台?那个本是男儿身,却又扮作女娇娥,让所有男人心醉神迷的陈子若?

小归一脸恻然。

春天的夜晚却有让人窒息的闷热。

"宝哥哥,上辈子我本是被你照料的一株仙草。两万年后,我来人间用泪水还你这段情。以后我就是秦淮河畔的一株草,你就是草所依附的灵石。"

林妹妹纵身跃下,没有一丝气息地飘散开了。

小归冷哼一声,便跟了"妹妹"来到了后台。

"妹妹"开始卸妆。

门房通报一声:"初初小姐的丫鬟有要事传达。"

子若一阵慌乱,碰翻了一桌子的胭脂水粉和颜料,却冷冷地对门房说:"让她回去吧。等等,请她告诉初初小姐,既然已经变卦,何苦再来找我。就此两不相干,各过各的生活吧。"

小归听得真切,硬硬地挤了进来:"你便是子若吧。我家小姐托我交这封信给先生,并托我叮嘱先生要按照信中所写的时间、地点与她相会。先生请放心,我家小姐一切都安排好了……"

"哦!"子若急急地接过信,丝毫未发现信笺上的火漆已经剥落。他撕开看:"子若,虽然你一直并不以为意,然我心已为你日夜思念。请许我一次机会。今夜辰时,我俩乌鹊桥畔会晤。如若尴尬,定当远走高飞。去另座城池,过别种光景。不见不散。执辰,即日。"

执辰?执辰是谁?是那个几乎日日在春实戏园逗留半日的看客?是那个数次赠送花牌银两的豪客?是那个屡次派人相约见面却被自己婉拒的男子?子若想不明白。

"嗯?不是说是初初小姐……"子若抬首询问来客。

小归便掏出两枚她用来绣锦帕的银针,硬生生地扎进了"妹妹"多情的眼眸。

天空中炸响春雷,掩过了"妹妹"的惨叫。

小归看着妹妹双手捂住血如泉涌的眼窝,痛苦地在地板上扭曲着。戏场子里头人头攒动,几人努力地抱住陈子若,深褐色的眼窝流出几近黑色的血水。

这样便算毁了吗?风华绝代的陈子若终于不再是她的对手。

少爷,少爷,赢得一场战争,后知后觉纵然不利。但是置之死地而后生,却才是得胜的真正法宝。

十年了,小归一直都在做着这样的一个美好的春梦。她一直以为少爷是爱她的,是真心待她的。虽然她没有想过要成为少奶奶,甚至连做填房她都感觉是奢望。

她只想一生一世地伺候着她的少爷,陪伴着她的少爷。这么卑贱的愿望,如今她也求不来。

春夜里闷雷滚滚,惊起了屋梁上的老鼠,惊起了地头蛰伏的蛇。一个狂躁不安的季节即将到来,一个纷乱骚动的季节即将到来。

小归有点恍惚。她知道，她这辈子终将消磨在这场作弄人的梦里头了。雷声再响，也不能让她这个梦中人醒过来，她是走不出这场荒唐了。

小归闭上了眼睛，等待命运的光临。

入春以后，京城的天桥便明显热闹起来。临时搭起的戏台子上，艳装的戏子们"咿咿呀呀"地唱着，粉饰着各色的人生；玩杂耍的粗汉子们"嘿嘿"喊着，抡刀抡枪叠罗汉拿大顶；老伶人拉着二胡，就着京韵大鼓唱着一些不知名的调调；各色人等川流不息，寻求着各自的乐子。人们便寂寞而又满足地生活在梦里，生活在戏中，迷糊而又无知地进行着伤害和被伤害的程式。

其实，人生如梦，人生如戏。无所谓醒与不醒，也无所谓懂与不懂。

对于一些人，繁花刚刚次第绽开；对于另一些人，却花事已了，徒剩空廖。

同一时空，如此轮回。

APRIL 四月 浅喜深爱

谢谢你给我浅淡轻盈的喜欢，
我仍愿在心底还你深挚绵长的爱。
亦不觉得错。

Hey,你可曾有过这样的经历?

就好像在MV里看到过无数遍的场景。夏初的阳光充盈饱满,暄腾的白色花朵华美纷扬,天边盘旋的飞鸟一圈圈寻觅最初的轨迹。街边人挤人的咖啡座,永远目中无人甜蜜亲热的恋人……花花生活,甜暖世界。适才暴雨带来的水汽很快被蒸发殆尽,不留下任何印记,仿佛从未抵达过这个世界。

然而,你就这样一个人行走在大街上,却感觉有如与世隔绝一般的安静。抬头看透过树叶隙缝的阳光,苍白的华年仿佛汽车反光镜里的迷离风景。倒退,疾驰,远离,最终消失不见。你突然感觉有些悲伤,抬手擦拭嘴角隐约的血迹,然后发现自己竟然无处可去。

好吧。你决定就把这条马路走到底。想看一看,究竟能不能遇见边走边唱的灿烂爱情。

有人说程浅喜和李星乐关系好得仿佛从刚出生就开始穿同一条裤子了。其实也没那么夸张啦,我们算是三岁半的时候才正式认识的。准确地说,应该是我三岁半,程浅喜四岁半。

第一天来花花幼稚园,我几乎号啕了整个上午。我不是想念正在上班的父母,也不是看见幼稚园的老师和小朋友感觉害怕。只是因为初来乍到，有点紧张，我的小腹从早上八点就开始无比肿胀，真的很想尿尿。可是，居然没有任何人过来关心我是不是哪里不舒服。我一个人扭扭捏捏地蹭到厕所门口，臭烘烘的粪坑就好像一个龌龊可怕的怪物，时刻准备吞噬着人间的肮脏。

程浅喜正好从里头嘘嘘完出来，一头撞见鬼鬼祟祟、磨磨蹭蹭的我。看见我一脸的猪肝色还死不开口求救，一下把我拖到尿池旁边，扒下我的裤子，说："快尿。"

我被突如其来的状况吓傻了，不受控制的尿液顺着大腿小腿淅淅沥沥淋了一地。程浅喜夸张地大叫："章老师，新来的尿裤子了！"吓得我"哇哇"大哭。

章老师跑过来，赶着一旁幸灾乐祸的程浅喜："出去出去，谁让你这么教我们星乐的？"然后又对我说："以后憋不住的话，要叫老师哦。"

虽然程浅喜貌似有捉弄我的嫌疑，但他的仗义出手依然让我感动不已。从此，他便多了我这个虔诚不已的小跟班，整日"喜哥喜哥"地叫着，极大地满足了他膨胀的虚荣心。

四岁半的程浅喜带着三岁半的李星乐，成为花花幼稚园的两个小魔头。捉弄小朋友、一起对付老师、爬树掏鸟蛋都已不算什么大不了的事情。爬下水道成功"越狱"，在秋天堆满落叶的操场上"纵火"，组织策划多场大型"起义"活动，真是震撼了整个花花幼稚园。反正程浅喜总是主谋，而我总是没心没肺地跟在他后头，安心充当小尾巴。在战斗力上，我并不能帮助程浅喜提高多少。相反，常常会状况百出，拖他后腿。程浅喜总是一下把我拖到他身边，吼："唉，你还真是麻烦……"其实真正聪明的人是我，只要嘴皮子勤快点，多顺着程浅喜一点，几乎不用付出其他任何什么，便可全天候享受花花幼稚园史上最拽大哥的庇护，谁有我风光？

有很多次，午休的时候，章老师都会看见我的被窝在不停地骚动，那是程浅喜睡不着觉，爬过来挠我痒痒。两个人自娱自乐，嘻嘻哈哈地打成一团，然后才汗津津地睡去。

整个花花幼稚园的老师和小朋友都知道，程浅喜和李星乐的关系超级铁，以至于程浅喜在辉煌结束幼稚园生涯成功沦为小学生时，居然带着哭腔哼了一句："我还要再上一年幼儿园，我要等乐乐一起上小学。"

程浅喜和李星乐是最好最好的兄弟。一直都是，永远都是。

末世无光，愁云惨淡。这个城市的夏季并不缺乏这样阵雨欲来、天昏地暗的模样。晴朗无云的天，忽然就变色。云起，无光，风起，落雨。人们仿佛都已习惯了这样的喜怒无常，没有几个人会感觉惊恐。最多抬头望望天，闷闷地说一句："这该死的天气，说下就下。"然后加快奔跑的脚步。

你一个人坐在放学后的教室里做习题。同学们早已走光了，就连今天做卫生值日的同学，在半个小时之前也对你说："走的时候记得把门窗关好哦。"你却还在为一道函数题目而纠结着，不确定最后的数值究竟是2的几次方。

窗外冷闷的雷声终于让你抬起头。一刹那，昏沉的天色让你以为已经黄昏，其实也不过午后三点。周三下午老师们的政治学习成全了学生们永远的Happy Hour。早早散场的校园空寂无聊，只有操场上打球的男生还在恋恋不舍。雷声轰鸣，连打球的男生也纷纷跑开了。

你在窗口抬头张望,外面早已看不见他的身影。其实也无所谓失望,他的笑容也许从此之后都将会是可遇不可求的惊喜。你收拾书包,把东西零散胡乱地塞进去。然后起身关窗,看见外面黑压压覆盖一整片。你想:要不要等这一场暴雨停了再走呢?夏天的风撩动你的白色衬衣,感觉惬意。你又想:要么就索性痛快淋一场雨吧。已经是夏天的风,夏天的雨。

走出高一七班的教室之前,你又转头,最后一眼看见深墨如漆的黑板上隐约还有谁谁谁和谁谁谁绯闻事件的痕迹。你哧哧地笑出了声,因为你看见那颗饱满美好的心型图案中,曾经写着你和他的名字。

纵然已经被擦拭干净,印记却无法抹掉。

进入青春期以后,程浅喜就变成了一个木讷白痴的家伙。曾经统帅千军、一马当先的豪迈劲儿,随着脸上日益隆起的痘痘一点点地消失殆尽。相反,我倒是活泼开朗了很多,当年羞涩怯懦的模样不复存在,经常"哇啦哇啦"地在教室走廊上呼啸而过。

因为他的内敛沉默,因为我的意气张扬,因为他越来越粗陋黝黑,而我越来越阳光白皙,于是,程浅喜变成了我的小跟班。沉默地跟在背后,沉默地帮我接过别人悄悄写给我的告白信,在我的呵斥之下丢进垃圾桶。惟一不变的是,我仍然喜欢从背后偷袭程浅喜,一下子猴在他的身上,嘻嘻哈哈地闹成一团。我相信我们仍然是最好的兄弟。一直都是,永远都是。

我跟程浅喜去打篮球。

说实话，他的篮球技术比我要牛很多，对方两个人都防不住他的快攻。可是不知道为什么，我那些花哨的打法却每次都能带球过人，成功上篮。得分以后，我还很会摆POSE地对着场外眨眼吹口哨，帅得一塌糊涂地引起男生女生的掌声和尖叫。

终于，我和浅喜的队伍以三十五分的悬殊完胜对手。我一边擦汗一边喝雪碧，程浅喜贼兮兮地跑过来，在我耳边嘀咕："看见两点方向的那个穿白衬衣的女生了吗？"

我顺他手指的方向看去，一片叽叽喳喳叫嚣的女生中，却偏有沉默的那一个。那个女生瘦得要命，貌似很白的样子，面容看不清楚，只是很安静地看着我们这边。在一群疯狂尖叫试图引起注意的女生中，这一个倒真的是蛮特别。

我一愣："看不清楚。你想做什么？"

程浅喜说："想泡。"

我气结："那你去追啊，跟我说干什么？"

程浅喜说："你帮我。"

我白了他一眼，"咚咚咚"地跑过去，对白衬衣女生说："哎，你叫什么名字？我兄弟想认识你。"

回头再对程浅喜招手，他已经不知道躲到哪里去了。

程浅喜和那个叫佟华年的白衬衣女生开始交往。

第一次约会，是我帮他们传的纸条。时间：下午第四节课之后。地点：学生第三食堂门口的小超市。内容：表白外加请吃一点零食。

第四节课还没下，我就在食堂的后门口守着了。我不是偷窥狂，也不想搞破坏。只是担心以程浅喜目前的口才，事情十有八九要黄掉。

果然，程浅喜从一开始就面红耳赤磕磕巴巴不知所云，说了快十分钟了都还没绕出那句话来。白衬衣女生看着眼前这个比自己还紧张的男生，一脸茫然的样子。我真替他着急，一段还没开始的爱情似乎已经听到了倒计时的声音。

"喜欢就喜欢呗。人家女孩子都答应出来了，就表示对你有好感啊。你怎么木得像个猪？"

我突然跳出来，慢悠悠说了这句话，然后又晃悠悠地飘走了。我看不见程浅喜和白衬衣女生的表情，但我猜得到。因为我听见那女孩在后面说："那么……好吧。"

上课的时候，程浅喜在后面踢我。一下，两下，有节奏而又很用力。带着点挑衅和得意的味道。拜托，你试过被一直踢足球的人踢吗？我疼得龇牙咧嘴，实在无法忍耐，"腾"地蹦起来，回头对着他喊："你他妈的就欺负我个子矮坐你前面是不是？！"

我跟程浅喜被班主任拎到年级办公室，劈头盖脸地臭骂一顿后放了出来。我跟程浅喜的玩劣早已入膏肓之境，老师也只是走个形式以平民愤而已。走廊上，白衬衣女生迎面走过，看见我俩，大方地打招呼。程浅喜的眼睛都直了，木木地忘记有所作为。我只好尴尬地，代替他摆摆手，笑着说一声"Hello"。

如果你身边有哪个男生原本生龙活虎的模样被若有所思的发呆所取代，原本金刚不坏的冷静被百般温柔的深情所取代，偶尔会局促不安又不说原因，有时又莫名兴奋躁动不安，那么，他一定是在恋爱了。

走到车棚的时候,你抬头看越来越阴沉的天空。即便是以十几岁年纪所拥有的不多的经验,你也能够判断出雨就快来了。五分钟,也许十分钟?要么还是先回教室等雨停了再走?你看见一群穿着球衣汗津津的男生抱着篮球从你身边呼啸而过。你想,还是走吧。这雨也许就仅仅几分钟,几十秒,就会戛然停止。而遥遥无期的等待,远比骤来骤去的无常更让人伤神。就好像某一些决定,从一开始就应该鲜明表达,要拖到图穷匕见,受伤害的便远远不止自己一个人。

你一直都讨厌南方暧昧模糊的天气。湿哒哒,黏糊糊。而夏季的雷阵雨是惟一让人感觉刚烈、直抒胸臆、畅快淋漓的雨。

你推着车走出校门,不打算躲避任何一场风雨。如若在这个夏天,十几年来最为珍贵的东西都已失去,那么,老天把自己全身都淋透,仍可当作是恩赐。

程浅喜果然是个见色忘义的东西。开始和白衬衣少女恋爱之后,他就试图慢慢跟我划清界限和疏远距离。约会地点更是当重要机密一样保护着,深怕我从天而降,破坏气氛。

上课的时候,我给程浅喜写纸条:"现在见你一面真是不容易呀。"半天后面没动静。回头看,程浅喜老先生正在伏案大睡。我猛地顶桌子,程浅喜吓得差点跳起来。我回头小声说:"你昨晚作贼去了吗?"程浅喜示意我看下面,手上擎着的一个小玻璃瓶里竟然满是花哨精美的纸鹤星星什么的。我无法抑制地哈哈大笑。班主任气结:"李星乐,你给我滚出去!"

下午的时候,我说:"浅喜,要不要去打篮球?"浅喜面无表情地摇摇头,然后拿着书包就要走。我厚着脸皮跟在他身后:"哎,喜哥喜哥,你去哪里啊?带我去好不好啊?"程浅喜站定,看看我摇头,然后加快速度往车棚走去。我明知故问:"是不是和佟华年去约会?有马子就不要死党啦?"程浅喜终于停下来,没有回头,但一字一句我听得很清楚:"李星乐,我告诉你,请你千万别来捣乱。不然,我饶不了你!"然后居然就走掉了。我在后面气得哇哇大叫:"程浅喜,你太过分了!别忘记一开始是谁帮你的!"

其实我不难过。当然不会难过了,好朋友有了马子总是要替他开心啊。我只是有点儿想不通,为什么曾经关系那么好的两个死党,会因为另一个人的介入,而感觉越来越陌生呢?你们约会的时候偶尔也可以带着我啊,我不闹不耍宝就是。不就是多一个人一起玩儿吗?程浅喜,你真小气。

李星乐和程浅喜因为一个女人而掰了,你也不怕被人笑话啊。

程浅喜在打篮球。这次不是几个小子自己投着玩,而是咱们市里的高中生篮球联赛。

我就没资格上场了,站在篮球场旁边懒懒地看。

程浅喜穿着浅蓝色的篮球服,穿梭在乱糟糟的队伍中间。长传,运球,带球上篮,远投……平时总跟他一块儿玩儿,没发现他的动作还真是相当标准啊,难怪场边的各路小妹妹们都在疯狂尖叫。而其中叫得最欢的,就是我旁边的白衬衣女生。佟华年拉着我的衣角,一会儿喊:"带球过人……上篮上篮!耶!"一会儿叫:"快攻啊!落后啦落后啦!喜喜加油啊!"我被她嚷得不厌其烦:原来女生天生都是聒噪烦人的,一开始的恬淡安静都是为了吸引异性注意而采用的策略啊。佟华年还真是个会演戏的高手呢。我扭头不看她，却被她越吵越闹心，一下子甩下她的手："你吵死了！"然后就走开了。而她依然不知悔改地继续声嘶力竭着。

这一节暂时休息的时候，我晃悠悠地踱回来。看了一下比分，六十七比三十三。程浅喜的队伍赢定了。我递给佟华年一罐可乐，面无表情地说："程浅喜最喜欢喝这个，虽然我跟他说过这个杀精。"

佟华年接过可乐，在我脸上"啵"了一下："谢谢星乐，你真好！"然后就欢天喜地奔到程浅喜那边去了。

我伸手抹了抹脸上被她亲过的地方，翻了个白眼："真受不了这些女生。"

然后，远远地，我看见，佟华年微笑着把可乐递给程浅喜，程浅喜幸福地说"谢谢"。

打开易拉罐的一瞬，可乐飞沫四溅。"啊！"可怜的白衬衣女生，从头发到衬衣，被彻头彻尾地染成了咖啡色。全场的目光便也集中在这对尴尬的学府情侣身上了。

不是我想笑，是实在被这样的黑色幽默给震撼了。一幕本该在偶像剧里出现的画面竟然变得如此邋遢不堪，我笑到肚子疼，蹲在地上。

哨声吹响，最后一节比赛开始。佟华年哭丧着脸跑开了。经过我身边时，她狠狠瞪了我一眼。我只当没看见。

开始飞沙走石暗无天日了。外面的行人已经明显加快了行走的步伐。抱着孩子的妈妈，拿着手机叫人快回去收衣服的，急急忙忙收拾晾在路边的杂活的，娴熟地收着路边小摊的，所有人都在急急地走，急急地说，急急地动作。想要比风起云涌的天气更快地结束一切的狼狈不堪。

你骑的永久自行车原本是妈妈的，平日里"吱吱嘎嘎"地响个不停，风大的时候就更显得摇摇欲坠了。风沙狂起，你骑在车上不小心迷了眼睛，还要担心这辆随时会解体的自行车有没有撞人。

雨突然就落下来了。比你预想的要大很多。雨点打到身上，竟然会带来生疼生疼的感觉。一开始的时候，你还可以想象，你们一起经历过的无数的盛夏光景中，曾一起淋过那么多次凉爽而惬意的雨。很快，你便发现，你的身体发肤已经浸淫在无穷无尽的肮脏的雨水中间。那些憋闷了很久的瓢泼的雨让你无法睁眼，无法骑车，无法动弹，甚至就快要无法呼吸了。

转过这条街道，有一条绵长的小巷。窄小的巷道几乎被两边房屋的檐廊所覆盖。

你决定，就去那里避雨。

在我的预料之中，程浅喜果然来找我算账了。决斗就约在午后的篮球场。

我一个人在闷闷地练习三分远投。我总是投不好三分，不是用力过猛砸到篮球架上，就是力道不够半途就病殃殃地陨落，要么干脆乾坤大挪移，方位完全不对。我很郁闷地投完一个又一个。

我以为我和程浅喜会有一次迂回曲折、深刻透彻的长谈，没想到程浅喜一来就开门见山地说："李星乐，你为什么要晃可乐啊？"

我回过头瞅瞅他，心想我还就耍赖到底了，凭什么要我承认是我干的坏事啊？我花钱买的可乐怎么没谢谢我啊？

程浅喜走到我身后，捡起地上的篮球，突然转移话题："你知道为什么你的三分总是命中率那么低吗？"然后一记远投，很漂亮的一个空心。

我说："我力气不够。"

程浅喜把球传给我，托起我的胳膊："你看，右手拿球，左手托着右手手臂。在你的眼中，只有篮筐。"

我还是心虚："距离太远了，没那么大力气。"

程浅喜说："试试看吧。不要以为三分球的距离就很远哦，以你的瞄准度和力道，完全够了。要对自己有信心。"

我乖乖地把球丢出去，虽然有些磕磕碰碰，但球还是安稳地进了。

我很高兴地回头看程浅喜，他竟然很认真地看着我说："李星乐，你是不是吃醋了？李星乐，你是不是喜欢我？"

李星乐，你是不是吃醋了？

李星乐，你是不是喜欢我？

我的脑袋"嗡"地一下就炸开了。什么？不可能吧。开玩笑吧。可是，可是我竟然面红耳赤，抖抖嗦嗦地说不出一句话来。竟然和第一次与佟华年约会的程浅喜一样，紧张局促，无所适从。

程浅喜突然又换了一副笑嘻嘻的面孔，很周星驰地说："你喜欢我就要说嘛，你喜欢我又不告诉我你喜欢我。你不说你喜欢我，我怎么知道你喜欢我呢……"

"你去死吧！"我把篮球狠狠地往程浅喜的头上砸去，头也不回地跑开了。

KISS LOVE,BUT YOU KILL LOVE

教室里是出乎意料的热闹。一堆人拥挤在黑板前，嬉笑着什么。我隐约觉得，也许跟我有关吧。那一瞬间，我站在教室门口，不敢走近教室半步。

然而，我还是听见有人大声念："李星乐爱程浅喜。"

我听见有人大声讨论："我早就看出来了唉，他们平时关系就那么好。"

又有人大声附和："是啊，你看程浅喜和三班的佟华年好的时候，李星乐那副醋坛子样啊。"

又有人开始不正经了："我倒是听说他们一直都很好啊。你说，他们有没有上过床啊。"

……

我站在门口，不知为什么，竟然希望要是那些从甲乙丙丁嘴里说出的话都是真的，该有多好呢。

李星乐爱程浅喜，程浅喜爱李星乐。

多好多好。

我微笑着转头，看见抱着篮球捂着脑袋回来的程浅喜。

程浅喜看见我沉醉中的微笑，然后看见我身后，各位亲爱的同学们的哄笑。浅喜呆了一会儿，他说："星乐，你这样跟大家无中生有，我觉得是对我的不尊重。"然后，就转身走掉了。

啊？我造谣了？我无中生有了？我去告诉全天下的人我李星乐要去跟佟华年抢程浅喜了？

虽然我也是个漂亮女生，虽然追我的男生也有一打，虽然我的确一直深深爱着你。但是程浅喜啊，李星乐是不会做任何伤害我们关系的事儿的。

因为你说过，我们两个人……是最好最好的兄弟啊，一直都是，永远都是。

在小巷的屋檐下站了好久，你才理清楚纠结在一起的头发，才抹干模糊了眼角的雨水。风还是很大，你觉得冷，打了个寒颤。你伸出头看看天，怎么今天的雨已经下了三分零四秒了，依然还没有停的意思呢？你又在想，他有没有赶得及回到家呢？他有没有淋到雨呢？那么，他又会在这座城市的哪里看雨呢？

远处有一群人黑压压地挤进巷子，骂骂咧咧地向你涌来。

你并未看清楚他们的性别相貌，并未了解他们动怒的原因。拳头便比这雨水更绵密地落了下来，让你刚刚稍许有些干爽的身体再次浮肿不堪。

隐约听见有人的尖叫伴着雷声，也听见有人问领头的那个女生："佟姐，要不要划花她的脸？"得到否定的答案后，一群黑压压的人再次迅猛地四散开去，仿佛从未出现过。最后，有人狠狠地，狠狠地踹了你的肚子一下，你疼痛但是发不出任何声音，只能蜷缩得更紧。

你感觉虚弱地跌倒在水洼中，觉得刚才那个称呼很耳熟，但实在无法思考清楚究竟得罪了谁。此刻的你，只希望雨能快点停歇，好让你感觉暖和一点儿。

你一个人走在雨后晴明的天空下，踉踉跄跄的。你抹抹浮肿的嘴角，有撕裂的血迹。你很想给那个叫做程浅喜的男生打个电话，你很想对他说：请原谅我过于幼稚的想象，请原谅我错误地把少年之间单薄的友谊等同于惺惺相惜的美好爱情。如果你真的只喜欢佟华年，如果你可以原谅我偶尔不切实际的小小幻想，那么，我们还是做最好最好的兄弟吧。一直都是，永远都是。

我不害怕因为喜欢你而招致的毒打，我只怕你对我冷淡轻视的眼神。你离去时的最后一瞥，让我看到我们多年积存的友谊和信任竟然如玻璃般清脆易碎。

喜哥， 谢谢你给我浅淡轻盈的喜欢，我仍愿在心底还你深挚绵长的爱。

亦不觉得错。

MAY 五月 风波

流燮,流燮,
你,能不能再亲亲我呢?

【风生】

终于没有路可以避让了。

往前一步是峡谷万丈,退后一丈是追兵万千。朴鸢侧身骑在枣色大马上,不知如何进退。

朴鸢没有慌乱,他只是在思考该如何决断。

无论如何,授封红袍大将军的他曾数度平定藩国叛乱,功居显赫。那时的他,哪怕身前是万条喷火的毒龙,也敢挥动长枪,嚯嚯前行。胆识、勇气、智谋、鲜花、黄金、爵位,这些他尽数拥有。然而他自知,只有面对那一个人,他再不是荣光闪耀的红袍将军,而只是个深陷爱情的单纯小男人,犹疑不决,患得患失。

他恨恨地想到那个让他百转千回的女子,眉眼间却立刻柔情万种。眼前追兵身着的灿烂威武的黄金盔甲分明幻化成遍地流金,成为一片金光灿烂的菊花海洋。那个叫流蘷的女子,便丰姿妖娆地流连于花瓣纷飞中。她低低地唤:"大将军。"那声音低迴,轻易地击中了正要穿越偏殿去晋见王的朴鸢。

他回头,看见她在花海中顾盼生姿,一片温柔。面红耳赤抑或激动亢奋,这些生理反应皆不重要。

那个瞬间,他厌倦纷争,渴望永久。想要远走高飞,神仙眷侣，永不厌弃。你知道，他们的故事如若不是有着尊贵豪廷的背景营造，不过是一场生硬的情事。

你可以看做是深闺寂寞的女子勾引成熟却不堪引诱的男子，也可以理解成曾经叱咤却终于渴望淡定的男子遇见真爱，无法自拔。

总之，他们之间将要发生一些什么。在那个时候，朴鸢彻底遗忘了王与他的约会，流燮也不记得她是王的女人。他所有的智谋不足以分辨这是风流，还是阴谋。阴谋又有什么关系？流燮湿润的身体告诉他，她是爱他要他的，她是在真心迎合他，这已经足够。深不可测的深渊，在跌入情欲狂潮的人眼里，便是深不可测的幸福。

再见王的时候，朴鸢并未感觉丝毫怯意，甚至连一丝抢夺了另一个男人的愧意都没有。配偶的争夺给男人所带来的快感、尊严和满足，足以践踏一切羞耻心。

面对王逼视的眼神，有些激赏的目光，朴鸢耐心地编造谎言来解释迟到原因，心底却在尽情回味整个事件的高潮。他在心底说："流燮，流燮，流燮……"然后微微笑，春光狠劲，满心欢喜。

他抬头挺胸，直视王凛冽的眼神，仿佛沙场秋点兵的豪迈再现。他自觉遇见她后，自己终于成长为一个完整的男人。

如果走到这一步，朴鸢终于心智清冷，理智终止，那么，红袍大将军朴鸢和王的女人流燮之间的仓促情事，便如同这深秋纷扬的金菊花，绚烂一瞬，然后悄无声息地散场。不过是二十四岁的男子和十八岁的女子如何抑止踢踢突突的欲望，如何暗淡轻浮的情愫，如何在沉重暮霭中看见命运的光临的故事而已。

但伟岸如将军，娇弱如雏儿，都是盲了眼的凡夫俗子，都一样失魂落魄，无法招架。

【流水】

有时候，朴鸢希望时间可以停住。

此刻，王的千军万马和嗷嗷生气都发泄在百里之外的鹿苑猎场。朴鸢终于可以避过诸多眼线，与流燮夜会。没有窸窣的脚步，听不见弥散纷乱的声音。朱罗色的幔纱纷漫于空气间，自在而又广阔。他怀里抱着她，缱绻于王的后殿之中。

不似一般女人的娇吟喘息，流燮只是安静地释放所有热度和魅力。流燮纤细单薄的手指滑过朴鸢裸露的脊背、胸膛、臂膀。流燮丰美可爱的嘴唇吻过朴鸢微烫的发肤、眼睛、汗珠。朴鸢红着脸，喘着气地穿梭在她的欲望森林。昼与夜，起与伏，清醒与昏沉，欲擒故纵，半推半就，次第绽放开。

不是没有惊惧的。朴鸢的脑海中时而闪现的，是王诧异的脸，王震怒的脸，王因为妒恨而扭曲的脸。

他闭上眼，仿佛看见终结的刑具已经架好，丧钟已经鸣响。他不知她是否也有同样的心结。于是，他愈发用力，她愈发扭动。他与她的追逐欢爱，仿佛一个和暗夜赛跑的莽人。有时惊喜地看见晨光，有时沉堕无边际的无力。只知狂奔，跌跌撞撞，却终究不知何时能突破无光的暗夜。

无数次风起云涌，他与她都未厌倦，身体的抽动和迎合仍未歇止。

百里之外，王和他忠诚的部下策马扬鞭，尘土飞扬地追逐惊慌失措的驯鹿。突围，夹击，瞄准，射击。好大喜功的声响湮没尘埃。王轻声叹息。他不在身边，连追逐都冷清无趣，没有对手的战局，没有意义；而她不在身边，连成功都无甚激荡，没有观者的角逐，没有动力。纵然是俯瞰天下如他的王，芸芸众生里的弱水三千，也只取得出懂他的那一些些。缺乏兴致，鸣金收兵。

像孩子一样，他低垂着眼帘。颤声问："你……爱我吗？"

她似乎睡着了，却又梦呓似地懵懂回答："你怎么像个孩子？"

他怔忡失语。

是啊。他想怎样？他能怎样呢？难道让他丢弃流水繁华，难道让她舍弃万千宠爱？难道与她痴心妄想，放歌田园？这样的梦境，不是不愿意去做，而是不屑去做。夜里肉身的痴缠，哪能抵挡世外的美好。

男人的理智在温情过后终于峥嵘现世，他竟然开始后悔。后悔傻气地问着如少年一般单纯的问题，后悔不假思索地跌入情欲狂流。不是没有天香国色围绕身边，何苦给自己惹这样一场尘埃？看见身边懵懂迷离的流嫛，朴鸢竟然感觉厌恶。他踉跄起身，因为连续的放纵，竟然微微腿软。呵呵。他披袍离开，不回头看她一眼。

流嫛起身，漫天流光飞舞。她看见未来的景象仿似极光一般展现。她轻轻地笑，幽幽地哼。

假如流水能回头，假如流水能接受，带我走，没有烦忧。假如流水换成我，清流水，不回头。

【暗结】

任何一出错落有致的偷情事件,除了期期艾艾,懵懂如傀儡的男女主角,一定有个不知身在戏中抑或自以为游刃有余的导演。戏中人与戏外人真假交缠,混杂在一起,无法剥离。

这一场风生水起的始作俑者,此时此刻,正在后殿的门外。手上因为拉弓而割伤的手指拒绝愈合,滴滴答答地流落血珠,顺着地势苟延残喘,直至模糊黯淡。

他提早结束狩猎,为的就是目睹他器重的男人和心爱的女人肆无忌惮地交欢痴缠?王的嘴角有一抹冷淡的笑容,他看着他的红袍大将军从她的妃子身上汗泠泠地抽离,起身,更衣,离开。

王紧紧扼住流燮纤细的脖颈。他的喉头含混不清,咕哝着说:"他,做得很强吗?你,身体愉悦吗?"

王的脑海中尽是朴鸢肌肉紧崩的身体和流燮无法遏制的喘息。他感觉恨,无穷无尽的恨。然而是他策划的开始,纵然恨也无法草率结束。

他是王,有章法的王,有度量的王。

流燮双目紧闭,仿佛是适才的欢好已耗尽了全身气力,吸走了所有精神,灵魂心不在焉。曾被那么强烈的高潮袭击过,纵然被扼死在王粗陋的手掌之下,亦无所畏惧。王撒手把羸弱的流燮掷于石板之上。流燮仍然微笑着,似无气息,实则仍在九霄云外。

王与朴鸢对弈。

王说:"朴将军,好身手,沙场霸王,弈棋亦不避锋芒。"

朴鸢逼进一子,不无心虚地说:"谢王隆恩。"

王推一险招:"封你为一品红袍将军,官升至高,黄金千两,良田万顷，何如？"

朴鸢心生犹疑，举棋不定，重复地说："谢王隆恩。"

王步步为营："只是，要劳烦朴将军于朕离去之时盯牢四方城池，以及朕的女人。朕将造访塞外番邦，盈月而归。稍有差池，回城治罪。"

言毕，王拂袖而去，留下一盘行将凯旋的棋局。

朴鸢愣在那儿，他不是在琢磨王未尽的话语，而是瞪着这桌残局。王的一招险子，瞬时置死地而后生。而他，举着棋子无法下手。无论落在哪个棋格，这一局，他终是输家。冷汗顺着领子浸凉了他的后背。

王离城的那一天，风雪连天。朴将军率轻骑兵护送至长城以外。朴鸢在烽火台上看着那一行人马渐行渐远，竟然心生欢喜。他许下了恶毒而美好的愿景。

他期待从此风雪封城，而王，永不回归。

后来的后来，朴鸢意识到他本来很有机会改写这出戏的剧本，跳出宿命的掌控。手起刀落，命运就此焕然改变。他笑自己还是太单纯，在王莫名的威严下，不偏不倚，不敢怠慢。

而王的离开只是开始。是红袍大将军朴鸢和宠妃流燮肆意鱼水的开始，亦是命运轮盘又一轮制造机会，制造错乱的开始。

谁人又茫然走入，浑然不觉？

【云霰】

朴鸢从未认为自己是单纯的。十岁已强健如弱冠少年，以一抵十地与邻家小儿斗殴。血淋淋地咬下他人耳垂，好勇斗狠的性格可见一斑。及至结发，卷入家族纷争。看似清澈的眉眼却蕴藏无限心机。最终，他摆平一切，却甘心放低一切。背井离乡，远赴京城，开始闯荡人生。忘记一双脊梁经历过多少践踏，他甘心忍受，终于忍成人上人。

此刻的他，本该是骁勇无敌，金刚不坏。本该是漠视一切似水柔情，杜绝所有魅惑情愫。世间最低贱卑微的"情"字，他理应无视其存在。而区区一个女子流燮，更无法成为羁绊他的理由。可朴鸢还是无可遏制地沉堕下去，沉堕在流燮的温香软玉中。

王的远行成全了他们的厮守。他在夜间与她抵死缠绵；他在日间魂不守舍。他在她身边依恋她，流连她的唇齿发肤；他不在她身边思念她，思念她的气息动作。朴鸢不在乎宫廷中的流言纷纷，不在乎已经近乎混乱的家宅。他竟然放任自己无可救药地爱她，爱上流燮这个王的女人。朴鸢想，流燮也是爱我的，极爱我的。

她涂着红色丹蔻的手指紧紧掐在他的背上，划出一道一道血痕。她说："不要走。不要走。你是我的王，陪我到天明。"

他紧紧拥着她。是的，疆土算什么，江山算什么，权力算什么，荣光算什么，一个月的期限算什么？我才是你无上的王。你才是我无价的宝。他不再对她说任何单纯可爱的情话，却在心底认定了这个女人。

天明。雾尽。无葬身之地的下场是下一次轮回的劫难，与当下的甜美无关。

那一夜，又是连城的飞雪，这个城池寒气凝重。朴鸢和流燮赤裸着身子，纠葛于熊烈炉火旁的温软豹皮之上。末世偷欢的快感，灼热喷涌的欲望，凡人无法抵挡。

流燮突然轻描淡写地说："我已怀有你的孩子。"

朴鸢动容："流燮，流燮，流燮，流燮。"他竟然感觉哽咽，无法言语。一个金刚男人，温婉得让人心碎。

他像少年一样面红耳赤，急着对心爱的女人倾泻出自己的爱意："冰雪消融之时，我带你离开。好吗？"

流燮轻斜他："去到哪里？普天之下，莫非王土。"

朴鸢眼中流露无限希冀："远走高飞。另一个星球，另一处尘世。"

流燮笑了："你可知道，王就快回来了？"

朴鸢抬头："雪停了就走，开城了就走。来得及，来得及吧。"

流燮的笑声更为纠结："来得及……来得及？"

殿门轰然洞开。千里之外的王，身披塞外的星月和风雪，一脸严寒地注视着温存的两个人。无须他的命令，卫兵已经严阵以待，紧密包围。

王扶着墙背，深吸一口气："杀死叛贼朴鸢，勿伤王妃流燮。"

朴鸢身披红袍，杀开血路。临别的深情一眼，竟然看见流燮嘴角美好僵硬的笑容。他吼："流燮！"然后纵身跃进无边的暗夜。

王下令："追。"

王的怀里抱着如炉火般灼热的流燮，冰霜蒸发成水汽开始覆雨翻云。流燮死命地吻住王，梦呓似的念叨："王，我的王，你，终于回到我身边了。"

【飞轮】

奔。夜奔。

朴鸢赤裸着上身，胡乱披挂着棉袍缠腰，身骑枣红大马，流亡一般地冲破时光的极限。他与心爱的坐骑驰骋过沙场，践踏过尸体，凯旋过城门。危难之时总是抵死相守，人和马，紧紧偎依成一种生灵，于夜空中飞窜。风霜极速划过棕红色的皮肤，倏忽幻化成蒸汽，流离成风中的一道尘埃。

朴鸢宛若夜空降临的纷繁流星。他自天际降临，狂奔，狂泻，白光凛冽。

而身后，是追兵万千。

他们千人一面，无法妥协。他们领受王的旨意，紧抓不放，死追不退。仿佛城中秋季收割的麦浪，波浪联翩，一波波试图逼近他们追逐的那颗圆心。

暗夜，飞雪，朴鸢和马的逃亡，万千骑兵的包围圈。仿佛亿万年间的一道奇景，于这片野山坡，离奇上演。

朴鸢，你的心头是有牵挂的吗？疾驰的速度能够带你逃离身后的这一场是非吗？抽身，也许未必如想象的那么困难。结束，也许只是王轻易的原谅和短暂的失忆。因为，王是宠溺你的啊，他会像一个父亲那样原谅他犯过错的儿子。

勒马吧，停住吧，回头吧，安静地等待王的制裁吧。

可是，流斐，流斐，流斐，流斐，我的流斐。我宁愿从此流落天涯，我却无法回头。走，仍有重圆旧梦的可能；留，只有丧家男人的屈辱。相信我，终于还是能够带你走。

可能吗，朴鸢？呵呵，朴鸢大将军，你知道吗？从十六岁起，我就知道，整个恢宏的宇宙，这片灿烂的银河，这个微弱的星球，这个地球上的任何一粒尘埃，都是随风动荡，无处依傍的。你知道辗转流离人世间的惊恐吗？你了解任人摆布无法动弹的可悲吗？你已是人人敬畏的红袍将军，仍是兢兢业业，小心度日。所以，请告诉我，你能带我逃到哪里？

飞翔。梦境一般绚烂的国度，开满鲜花的山坡，幻化成泡沫或尘埃。男人啊，我曾有过的所有的男人啊，曾许下万千誓约的男人啊，曾赐予我生命和灌溉的男人啊，终究白蹉跎。谁与梦成真？

什么是爱呢？请你告诉我。什么是痛彻心扉，心脏碎裂的声音呢？我看着心爱的女人和男人鱼水时，那种被抽空的窒息，算吗？我身披风雪，穿越千山万水终究抵达的思念，算吗？那么，我为此血刃敌人，捍卫尊严，算吗？你说的一切，我都了解。我不是君临天下的王，我只想做流燮的男人。

那么，你说。是我错了吗？

不，是我错了吗？

或者，竟然是我错了？

谁能给谁什么？谁误解了爱恋的意义？谁错把迷恋当成信仰？谁又有爱人的资格？人类的最大悲哀，竟是我们最终无法控制我们勃发的身体，违背最初的意愿。

雪夜的月光仿佛是命运的转轮。忽明，忽暗。逃亡，追逐，执著，恐惧，仿佛这一切都不存在。朴鸢只听见来自流燮的声音，来自王的声音，来自内心深处的声音。

离离荒原，空旷对答。

【ENDING】

"王,请容许我去吧。带着你的恩典,带着你——最后的至高无上的愿景。"

"你,难道以为你的出现会改变朴将军的境遇?"王轻謦流燮,突然猛烈咳嗽,无法歇止。咯出大片即将要僵硬的血。"那是昨日已然淤积于胸腔的血块啊!"御医的声音颤抖而惊恐。

"王,我的王。你知道,我已怀有朴将军的骨肉。命运已成定局,谁能撼动日月,反转天地?"

王不再看她。他此生最无法割舍下的女子流燮,决然而又美丽的女子流燮,他想穷尽一生陪伴的女子流燮。是我流泪了吗?沉溺在汪洋之中,无法瞑目?

流燮拉扯好凌乱的衣衫,头上簪着从深秋温房里留存下来的灿烂菊花,绝尘狂奔。

朴鸢,生命里的最后一个男人。等着我,我来送你走。

朴鸢与兵士的僵持从月夜延续到正午。风雪更急劲了朴鸢的眼角眉梢,早已是厚厚冰霜。一拨拨的卫兵轮番地欺身靠近,又被他的长枪挥扫开去。仿佛是轻掸灰尘的天神,轻描淡写,尘埃落定。有好几次,朴鸢便想纵身跃进这身后万丈的流离光景。他是放弃?是舍生?是不甘?是顽抗?他竭尽心力地吼:"流燮——"

然后,他看见了她。于喧嚣的身披盔甲的万千追兵中,于茫茫时间海洋的那一刹那。他看见了她,娉娉婷婷,凌波微步般向他漂移过来。金灿的菊花海洋中,她仍是不沾凡尘的那一朵。

"流燮,流燮,王终于肯成全我们,对吗?"朴鸢惊喜得近乎狂笑出来。

"你知道吗？朴鸢，你不够爱我。"流燮在离朴鸢三丈的地方停下，不再向前。

"胡说！我爱你！你的身体发肤，你的明眸玉脂，你的过去和未来，我通通迷恋。"朴鸢怎能不心痛呢？他为了她背叛了信任他的王啊。你怎能这样说呢？

遥远的城池传来恢宏的钟声。一下，两下，三下……一百零四下过后，一名卫兵上前对着流燮耳语："流燮王妃，王驾崩。"

流燮静默，闭起双目，雪花坠落眼角，湿润晶莹。

"朴鸢，你说你爱我，对吗？"

"爱，无与伦比地爱。跟我走吧！"

"你看，你的身后，就在峡谷的那一端，有那么一颗闪亮璀璨的星星。我想，那是王送给我们的礼物。朴将军，扬起你的鞭子，抽动你的马匹，奔向那个无比晴朗的地方吧，我随后就到。等着我。"

"哦？"朴鸢犹疑地回头，风雪连天处，他看见那样一场华美的海市蜃楼。晴空，彩虹，温暖，安心，厮守。那是王为他和她打造的另一处明净吗？

因为看见来自未来的温暖光线，朴鸢早已冻得麻木的身体突然无法再忍受冰冻一秒。他对着流燮微笑："冷……很冷。我先去。流燮，等你，和我们的孩子。"

流燮，等你，和我们的孩子。

红袍大将军朴鸢和他的枣红大马，毫不犹豫地跃向天际，然后跌落，倏忽不见。好一颗光鲜陨落的人马星座！

流燮开心地笑了："原来，你终究还是够爱我。"

然后，她转身对着万千泪流满面的臣民说："现在，起驾回宫。"

风波和风雪终于一起停歇。徒留内心一片狼藉，如何修复？

次年秋天，金灿繁华的菊花再次绽满整座城池。流燮王妃的皇子萝在一片芬芳馥郁中安然生产。

按照先王遗旨，萝一出生即被封为皇太子，且终生不能废黜。年满十八岁立即即位。王妃流燮被封为皇太后，终生不能废黜。

天空晴明，流燮抱着婴儿萝，在宫城一角放飞纸鸢。

"萝儿，你知道吗？在这个星球上，曾有两个极爱你母亲的男人。"

"一个男人，便似我手中的纸鸢，轻盈华美，虽终究无法挣脱牵引力，仍然心甘情愿地纠缠挣扎，可说痴心，可说冤孽。怎能说我没有爱上他呢？有的时候，爱一个人，不需要知晓他的姓名字号，不需要了解他的前世今生。暗夜华光，露水爱恋。"

"而另一个，便是你的父皇。他爱我，甚过他的生命；他爱我，甚过他的疆土；他赐予我世界，他赐予你生命。"

"萝儿啊，你听得懂吗？没有谁是谁的王，没有谁有改变命运的可能。每个人都是爱的奴隶。"

爱的奴隶，无法挣脱枷锁的爱的奴隶。

风波流转，纸鸢飞得很高很高。仿佛竟然真的脱离了隐形的丝线，从此自由自在。

【闪回】

菊花伤满地的秋天，一场瘟疫在宫殿内悄悄蔓延。

因为无法提防的疏忽，及至发觉，王自知已经不可救治。他最后一次亲昵地搂着流燮的肩膀说："流燮，我的女人流燮。我要离开你。"

流燮惊恐地箍着王："王，你不能不要我。那些虎视眈眈的嫔妃，那些伺机而动的乱党，我无法立足偷生。"

王说："我怎能舍得你。我要你活，要你从此风华绝代地活。"

于是，王安排后殿中流燮的风情万种，王安排朴鸢与流燮的偶然遇见，王安排朴鸢与流燮的数夜风流。是王，导演了这样一场喧嚣风波。

他让他最器重的红袍大将军，替他亲近他最心爱的女人，为他和她留下最优秀的子嗣，从此保全她的千秋万代。爱你，江山留给你，全部留给你。

一个大雪封城的夜晚，因为无法忍受妒火，王借口出使番邦离开城池。又一个大雪封城的夜晚，因为无法忍受思念，王偷偷潜回城池。

在他和她曾经无数次销魂的后殿门外，王听见了朴鸢和流燮的轻吟。

不知不觉地，王泪流满面。

他孩子气地嘟着嘴，然后听见自己小声说："流燮，流燮，你能不能再亲亲我呢？"

JUNE 六月 泪志

我爱你的这几年，
和所有其他女人关于爱的试炼和对招，
让我终于安全衍生为一个坚强有力的男人。
我用生命所有余下的时光来偿还。

她第一次如此深刻地爱一个人，却并不快乐。

周日的天气不错，显恩一大早就醒了过来。他扭头看见十二楼的落地窗外是初春张扬甜暖的光线。温柔覆盖，轻盈游动。显恩又转头看向另一边，颜觉在很深沉地睡眠。头发杂乱缠绕地护住脸颊，双眼的睫毛狠狠地覆盖瞳仁，嘴唇依旧紧紧抿着，白色干燥的皮屑让人觉得她已经脱水晕厥。

显恩伸手摸手机，看见今天是二月四日，星期日。他迎着阳光眯着眼睛想了一会儿，觉得有些偏头疼。

昨天夜里，大约是凌晨三点的时候，显恩听见颜觉在床的另一边翻来覆去。他转身向她那边，用胳膊在她的腰际环圈。

他是记得她说过的。她最喜欢他这样抱着她入睡的姿势。修长的身体仿佛水藻般伸展，天鹅绒一般幼滑的皮肤尽情覆盖，肩膀、脊背、臀部、腿、脚掌，甚至脚趾，天衣无缝地交好贴合，不离不弃。他箍住她的有力又温软的手臂让她觉得像是过山车的安全阀，纵然世界天翻地覆，都只如游乐园的嘻哈，不用担心转眼间就被抛到世界尽头。

缺乏安全感的人，都会贪图被紧紧包裹着的后背式的拥抱。

显恩怀抱着她温热的身体，她却似已然入睡，没有任何回应。

他非常疑惑，轻轻拍她的肩："颜觉，颜觉。"她颤声"嗯"了几声，然后又再无声息。显恩伸手摸她的脸颊。一手冰凉，满脸泪水。那种满手黏稠滑腻的感觉让人本能地感觉恶心。他缩回手来，在内衣上擦干净，然后转过身去，一个人面对空洞的夜色很难再有睡意。

颜觉已不是第一次在深夜里无可救药地啜泣。他不知她是因为梦魇的恐惧和折磨，还是身体里无法克制的悲伤。每一次她起先静默，然后轻微地哭泣。这些都会让显恩在梦境里跌入到无穷无尽的潮湿的海底，被如同声音般柔软却又丝丝缕缕的水草纠缠着。冰冷，潮湿，窒息。一身汗，然后猛然醒来。对于显恩的惊恐，颜觉没有一次给予回应。他紧张地拍她，用力地推她。她才会"嗯嗯啊啊"地醒来，仿佛倒是他惊扰了她的好梦。所以有时他会搞不清楚，纠缠在自己梦境里的究竟是不是她的哭声。难道是压力过大而乱梦的幻觉？

第一次被她惊醒，他一夜无眠。等到白天的时候，他小心翼翼地问颜觉："和我在一起你不开心吗？"

颜觉乐呵呵地揉他的头发，仿佛一只顽皮的小猴子。他便顶着脑袋在她胸前蹭啊蹭的。然后，她嘻笑着抱住他的脑袋乐成一团。他们很忘情地疯在一起，互相咯吱，捏打，推搡，然后笑得上气不接下气，仿佛所有忧愁的事情都烟消云散。他们还有什么可忧伤的吗？他们本来便是如此快乐无边吧，如同每一对没有恩怨的爱侣。

可那一夜，颜觉的脸颊上是有泪水的。那些黏腻的液体，挟带着来自心底的排山倒海的悲伤，全都被他发现了。

望着近在咫尺的熟睡的颜觉，显恩轻轻说："我已经很努力地爱着你，你却并不快乐。"然后，他起身，在周日七点闲散的光线下，为她做一顿爱吃的早餐。

她想要的，是不难受的有意义的生活。

显恩不过是个普通男子。在经历了十六岁时的一次意外事件之后，他再没有什么坚强的决心和坚定的自信。也有人说他还算好看，纤细的眉目很迷人，但他从来不是一个夺目的人。更多的时候，显恩怯懦地瑟缩在兄弟好友的背后。出风头的事情轮不上，出差错的事情也鲜少有。女生大都嫌他温吞。偶有因着漂亮容貌主动和他交往的，长久下来也感觉无趣，和平结束。他便是平淡无奇的一个人，总是安静自处，没有什么波澜。

他于是常常在想，颜觉为什么要留在他的身边呢？那么优美的一个女子。想到这里，他的心脏便如被利器轻扯，有可以忍受但很尖锐的疼痛，他需要努力克制自己的焦躁不安。

他承认自己是敏感而小心的。这种敏感来自于他的自卑和胆怯。他有时会像个多疑的女人似的，努力嗅晚归的她的发角的气味，会查她的电话簿子，会偷看她网络的聊天记录，会Google所有跟她有关的讯息。

没有什么蛛丝马迹，抑或是还没被自己发现，他总是会悲观地这么想。

他隐藏得拙劣，颜觉便会发现他的小秘密。他有些无所适从，不知她是否会恼火地毁掉一切。他想，她应该会非常恼怒吧？若换作是他的话，一定会歇斯底里。有什么好解释的呢？不信任，便是一种严重的羞辱。而颜觉却总是笑嘻嘻地不以为意。那一刹那的表情让他觉得恍惚。她是那个在深夜无助啜泣的女子吗？那种不光彩的，黏腻的液体，在晴明天空下，迅速蒸发得无影无踪。

显恩安慰自己，没有什么大不了的吧。那种凭空升腾的不信任来源于自己的不自信。那么，只要信任爱情的能力，信任自己的魅力便好了。当自己的眼中不再只有颜觉这一样牵肠挂肚的食物，纵然她不会时常在身边，亦不觉担心。反正自己会拥有更多华彩纷呈的天空。处处留下一点情意，寡淡并断绝对任何一样人或事的依赖感，是最好的自我保护的方式。

然而，逼迫自己改变是很辛苦的事情，显恩耐着性子压抑不适应带来的心慌意乱。他给自己的每一天安排了细碎苛刻的Schedule，并且按部就班地一项项完成。比如会友，莫名其妙地谈一些乱七八糟并无结果的事情；比如看书，坐在书店的角落里不小心睡着；比如泡吧，花了很多钱买酒，却一整个晚上都没扭动一下腰肢；比如健身，本来很瘦的身材便只能担负起一些轻松的有氧运动。

这些活动自然都是独自去完成的，虽然显恩感觉无聊。有时候实在无所事事，他便在公司里耗到十点钟再回家。他只是想让颜觉觉得自己是忙碌的，有价值的，被很多人需要的。不光是她，还有很多其他的美好的女人。

他永远记得颜觉第一次看见他钥匙包的时候，露出的惊诧眼神："只有两把家门的钥匙。你知道吗，钥匙越多，代表你对于别人越重要哦。"他想，在她面前的惊惶不镇定，便从那个瞬间开始滋生蔓延，从此让他疲惫闪躲。

当他们牵着手像任意一对情侣走在忙碌街头的时候，他从未感觉惬意和享受。他会在意身边走着170CM的她，被甲乙丙丁注视着,隐约的不爽让他手心冒汗。于是,上公车他抢着投币,并用胳膊给她圈出舒适的安全距离。她试穿任意一件衣服照镜子超过半分钟时,他会爽快地买下。他会小心翼翼地问她的感受,反复盘算晚餐究竟在哪里吃什么,不惜留下婆婆妈妈的印象。

显恩敏感易受伤害,可是他竭尽全力地想要给颜觉,他所认为的,她想要的生活。也许仍有距离,也许永远无法企及。那些妥帖美好的设计,已经成为两个人太过沉重的负担。按部就班的东西毕竟谁都会不舒服。否则,她不会在深夜一次次把他哭醒吧。

他以为。

回忆犹如鳞片次第剥落,过去纷至沓来。

显恩蹲在床沿上,盯着日历发呆。他找不到今天是几月几号星期几了。他犹疑地问颜觉:"今天是一月九号还是十号?"颜觉敷着面膜,踢踏着走了过来:"应该是九号吧。不过,也有可能是十号。"显恩转过头来看着颜觉,突然不知道该说什么。颜觉的眉目掩藏得深厚,看不见她的表情怎样。房间里一下子没有了声音,只有晚间肥皂剧的对白很突兀地进行着。

两个人互相呆了有半分钟。颜觉突然说:"十号,肯定。"显恩"哦"了一声。

颜觉从不问显恩不在家的时候都在做些什么。他认为是缘于她的自信和对他的不屑一顾,而她则认为是对他的尊重和体谅。于是显恩收拾行装拿着钥匙准备出门的时候,颜觉本不想说话。

可是她突然想到了什么,说:"嗯,现在八点钟……外面……在下雨。"

显恩马上停住了脚步,回过头用一种挑衅的神气说:"你FBI啊?"其实他庆幸颜觉及时叫住了他。在这样一个冰冷风雨的冬夜,他并没什么地方可去。

颜觉却说:"嗯,好吧。早点回来啊。"

显恩只得甩门而去。他不明白为什么颜觉不追踪他的脚步,连打探的气力都懒得付出。她真的对他放一百二十个心吗?为表示不满,他故意把门摔得山响。

面膜时间敷久了,脸上会有火热的刺痛感。那是面膜的水分充分蒸发,已经反过来开始吸收皮肤的养料了。颜觉不知讷讷地呆了多久,直至双脚冰凉。那段时间,她的内心空白一片的。安静得听不见外面的雨声,只听到显恩的皮鞋在空寂的走廊里渐渐走远。然后是电梯"叮"的一声,然后就什么都听不见了。

确定显恩已经走远,颜觉打开电脑开始上网。那些隐秘的文件夹位于D盘里,当事人很小心地将它隐藏起来。颜觉在一次偶然的修复程序的过程中发现这个叫做"Green"的文件夹。

颜觉发现文件夹里每一个文档都有着非常奇妙的古怪的名字,比如《白色情人节最珍贵的礼物》,比如《用折断一根发丝的气力拥抱你》,比如《等待是一生最初的苍老》。她想,是他在青春年少时充满意淫梦想的信笔涂鸦吗?她非常非常想了解这个她深爱的男人在十几岁的年纪,有着怎样的花样情事。

她试图打开文档,可是发现每一个文档都有密码。颜觉开始觉得懊丧,很快便试着猜测密码到底是什么。每一次显恩找了理由离开家,她便一个人反复试验那些她能想到的密码,并且时刻竖起耳朵听着走廊里可能出现的声响。战战兢兢,却乐此不疲。显恩没有想到他的逃避和怯懦，竟给了颜觉最大的空间和便利去摧毁对爱情的信心。

二〇〇六年九月十三日，他们恋爱的第九十七天，颜觉用显恩身份证的最后六位数字，打开了一篇名为《迷失在斑马线尽头》的文档：

一九九五年十月十三日。天气好得不像话，可我的心情却不是很好。但我认为，今天仍是非常美好的一天。

心情不好，是因为考试的原因。其实也没什么可计较的，分心了成绩自然会有波动。放学的时候，不想和同学多说话，一个人踢着足球回家。过马路的时候，我被一辆小车撞倒。膝盖破了，我坐在地上半天都爬不起来。

然后，我看见了她。当时是逆着阳光，看不清楚她的脸颊，看不清楚她裙子的颜色和款式。只是觉得纷扬卷曲的长发很迷人。我闻到了迎风而来的花朵的甜美气息。

这是一个少年稚嫩情事的开始。颜觉看得满心柔软，有点儿吃醋，却觉得和身边这个小心而敏感的男人那么的不像。于是她在想，究竟要不要对他提及这段青葱岁月呢？他会震怒她偷看他的日记？会回想起这段不了了之的爱情而伤心难过？在显恩进门回家之前，颜觉收拾起自己的情绪，抹掉电脑上查看文档的痕迹，决定当作什么都没有发现。

有时候颜觉会想，其实自己终究是不该好奇心这么强烈，不该打开这个叫做"Green"的隐匿文件夹。经过一次次的试验和猜测，颜觉终于成功地打开了一篇篇文档。

那一篇《光年》完全是一种瑟缩的情绪：

你走了。他们带走了你。妈妈把我反锁在漆黑的屋子里，让我好好反省。我从来未曾如此恨一个人，是她破坏了此时彼时所有的幸福。她说你是个卑鄙的婊子，说我在错误的时间遇见错误的人。那么，就让时间慢慢走向正确，走向一切都瓜熟蒂落的时节。

我一点都不后悔不能上学，也无所谓别人怎么看我。关键是你，会不会恨我呢？

伴随着真相的逼近，颜觉惟一感觉强烈的是深深的后悔和害怕。可她还是无法抑制地、强迫症一般地去打开它们。故事的开端、前戏、高潮、后事，仿佛新闻报纸上的追踪报道般真实活跃，那些白底黑字的情节烙铁一般深刻地印在她的眼底心底。

好了，只有这一篇文档没有打开了，颜觉扯掉面膜，再一次试验所有可能的密码：身份证、驾驶证、电话、信用卡……她想要在显恩回来之前，给这段陈年情事一个了结。她已无法忍受自己，担惊受怕得像一只单薄小仓鼠，明知死期逼近，却仍独自背负，还要装作若无其事。

等待是一生最初的苍老。

曾经看似天崩地裂，现在想来不过轻风拂面。

网络上的情感频道曾经流行过一个调查：你觉得一生会真心爱上几个人？

那个时候的颜觉坚定地选择了D：每一次都会奋不顾身，哪怕受到伤害也不会气馁。此时的颜觉，已因为各种原因结束数段恋情。在失败中得到的，是呵护感情的宝贵经验，而不是屡战屡败的挫折感。她知道自己所坚定的，是每一次相爱的勇气不会改变。爱一个人是多么美好的事情！

　　一篇篇地看完那些经年文档，她的想法却被辩驳得体无完肤。居然可以那么爱一个人，并且那么强烈地给自己营造意念的结界！她甚至感觉到恶心。那些杯子上、梳子上、房间的玻璃幕墙上，是否会残留她的影子、气味和毛发？虽然颜觉知道并不可能，她甚至可能从未有机会来过这里。做爱的时候，他的亲吻和抽动，都让她觉得无法忍受想要躲避。那些如雨点一般浓密的爱意曾经也如此施加于另一具身体上。因此，她变得干涩冷淡，他不能理解她的改变。

　　文档里那些充盈着水份和香气的段落，成为她每夜睡梦中无法剔除的梦魇。靠近她，纠缠她，窒息她，让她惊惧到落泪。

　　每一段无论潦草还是深刻的爱情终归都是有痕迹的，它们像一道道潜藏蛰伏的水印。自己以为早已忘却，实则生生世世，捆绑缠绕。亲爱的，不是我不想留在你身旁。

　　两颗很好看的鸡蛋并排在白色的瓷盘中闪耀出金色光泽。这是颜觉一直很喜欢的早餐，她总是满嘴溢出流质蛋黄，很幸福地冲显恩微笑。

　　也许这是自己最后一次做一个温暖的男朋友了吧，显恩看着墙角的两大包行李，讪讪地想。

　　颜觉决心将事件暴露的那个夜晚，显恩依旧徘徊晚归。颜觉几乎看完了文件夹里所有的文字，那些露骨直白的思念和放肆的情绪，让颜觉近乎歇斯底里。那是显恩第一次见到完全失去自控能力的她，一遍遍地吼叫："你怎么可以这么自私？既然已经决定这辈子跟她牵扯不清，为什么还要把我卷进来？"一直以来，显恩在爱

KISS LOVE, BUT YOU KILL LOVE

情中的角色都是缺乏信心，并且软弱颓势的。而此时此刻的颜觉，满脸鼻涕和泪水，失魂落魄得像被夺走了一切。

　　显恩，你爱过我吗？如果爱我，为什么还要痴缠十多年前的情事不愿放手？时间过去那么久远，你完全可以有新的生活。

　　颜觉，你该明白一个男人对于亏欠别人的承诺有多么重要。无论我爱不爱，都应该用一切去保护她已经不完整的生命。

　　所以，我只是一个你蹉跎时日，操练情绪的陪伴吗？

　　所以啊，爱情当中有太多的表象。一直占尽先机的人，也许才是一直被蒙在鼓里的那个；而一直唯唯诺诺的弱者，或许内心中却有足够强大的力量在支撑。显恩摇摇头，不知是自己过于虚伪，还是爱情中的人从来都要如此伪装内心的真实，导致事件的真相离航道越来越远，没有任何回航的机会。

　　显恩把早餐端出厨房。颜觉已经起身了，在卫生间安静地刷牙，然后一遍遍用冰冷的水洗脸，苍白的皮肤被水激起一片红色的斑疹。显恩觉得看不下去了，他在身后紧紧地抱住她，有点虚情假意地说："别这样。"

　　颜觉笑了："你别这样。我不是在自虐，只是睡得不好，头特别疼。"

　　是啊，那些代表悲伤的液体，在我一次次忐忑又痛苦地看完你的每一篇日志后，已经流失殆尽了。

　　颜觉说："显恩，我要走了。你还有什么话要说吗？"

　　显恩犹疑了半天，吞吞吐吐地说："吃完……早餐吧。"

　　颜觉还是支撑不住地哭了："你知道吗？爱你让我的泪腺从此强悍。"转身离开，在空气中遗留最后一丝咸涩的味道。

颜觉的相片被取走了,眼前是她在面前欢唱歌曲撒娇的模样;颜觉的抽屉空荡着,眼前是他不在家时,颜觉焦灼不安走来走去的样子;颜觉喜欢的枕头被替换了,眼前是颜觉终于崩溃,质问自己究竟选择等待还是遗忘的情景。颜觉的护肤品在玻璃桌面留下痕迹,仿佛是她决定彻底放手时哭到抽搐的眼泪。那么优秀,那么热爱的颜觉,终于也只是一个过客。绿,我和她都被你打败占领了!

显恩把绿的东西从仓库里一件一件搬出来。合影,磨破的Tee,她为他买的袜子,拖鞋,他们一起收集的CD、书籍、玩偶公仔。那些承载了欢乐时光的物什,似乎仍旧保留着熟悉气息。显恩熟稔地把每样东西放置到他觉得她应该喜欢并且习惯的位置上。

绿,你知道吗?爱的痕迹是无法磨灭的。纵然丢弃,抑或焚毁,我的身上仍旧有你的气息。抚摸过的,亲吻过的,热爱过的,眼泪烫伤过的。让我不能也不配再去干净清白地爱另一个人。我们都是从一而终的人。从不能轻快地将行李寄存,让回忆搁浅。于是会陷落更深,其他什么都看不见。

然后,显恩打开电脑,找到"Green"这个文件夹,一篇篇地输入密码,倒数属于他们的回忆。

一九九五年十月,十六岁的显恩遇见并且爱上了大他十四岁的女人绿。

一九九六年一月,他们彼此盟誓,愿意从此分享生命的细节。

一九九六年二月,显恩与绿开始秘密同居,对外保持缄默。

一九九六年十二月,他们的私情被显恩母亲发现,并向公安机关告发。

一九九七年二月,绿的"诱惑并胁迫未成年人多次发生性关系"罪名成立,被判有期徒刑十年。

显恩哆嗦着看完一篇篇曾经含着眼泪写下的文字,然后按下"Delete"键。这些支撑信念的文字,从此再也不需要存在。灵魂的思念终于换回了肉身的相守。

绿,请原谅我十几岁时的怯懦和羞涩,没有胆量向母亲和公众坦陈与你的一切皆是我的心甘情愿。那十几岁的秋天,我爱你的这几年,和所有其他女人关于爱的试炼和对招,让我终于安全地衍生为一个坚强有力的男人。那时我对你说的那句"我等你",终于成为能够兑现的承诺。之前和之后你为我受过的所有的苦,我用生命所有余下的时光来偿还。

显恩双击最后一篇文档,《等待是一生最初的苍老》,输入密码二〇〇七〇二〇四:

"绿:今天,我来接你回家。"

JULY 七月 布农铃恋人

沙漠中远行的人把它系在骆驼脖子上，清脆的铃声伴随他们赶走独行的寂寥。声声寂寥的布农铃，是我想念你时的一点提醒。

1

零点三十,四方街依旧人潮汹涌。

不,应该说是刚刚聚集起夜游的人气。

在大研古镇,零点之前的人们都是新鲜而且贪玩的。

去看木府的陈年情事,去小店淘选灿烂且廉价的精致物品,在仓邦木吃杂菜火锅和饵块,看漂亮的"咪惹"跳一场忘记来自何方,又去向何处的舞蹈。

那不过是一场场来自尘世的宿醉。

零点过后,四方街才逐渐闪现出真正属于夜晚的人们。

呵呵,我喜欢叫他们孩子。

刚刚从客栈的浴室出来,围上手工编织的羊毛披肩,穿着一双轻松的凉鞋。

三三两两,仿佛乡下夏天夜晚的萤火虫,忽地一下子就聚集起来了。

没有白天的走马观花,褪去一天车马劳顿的风尘,没有寻找惊喜和艳遇的凡心,一群群的孩子,聚集在沿着河流开设的夜晚酒吧。

饿肚子的可以吃肉串,吃饱的可以喝酒,喝醉的可以品茶。

快乐的可以肆无忌惮和对岸拉歌，伤心的可以借酒张狂乱舞春秋，兴奋的可以抢过流浪歌手的吉他，困顿的就在这极度放纵的哈欠声中，自在入梦。

我穿梭在流光飞舞的夜色里，寻找一个叫做美雪的女孩。

我能找到吗？

她从哪里来？

还在丽江吗？

今晚又流连在左岸还是伯仑朗？

甚至我不知道她的名字是不是真的叫美雪。

不，我一定能找到。

因为我记得你冷淡的眉眼，记得你微翘的小指甲，记得你纤细束起的黑色长发。

记得，记得你右手掌心的那一点黑痣。

美雪，我又回来这里了。而你，又在哪里呢？

我穿梭在过眼云烟的风景里，寻找只属于我的那一片风景。

2

我叫齐岩。

男。

今年十一月二十七日我就虚岁三十岁了，实足年龄应该是二十八，也有人说是二十九。

我不大懂年龄到底应该怎么算。

就像我不明白为什么马路上的人们总是面无表情，一副随时准备发飙的样子。

不明白为什么隔壁办公室的两个妈妈桑总是排挤另一个妈妈桑。

不明白为什么下班后除了酒吧和家就没有地方可以呆着。

不明白有了一层一百三十平米的房子和一辆不好不坏、偶尔会熄火的车子后，还有什么是不得不要的。

哦，对，老婆。

他们说要找个在外面是贵妇，在厨房是主妇，在床上是荡妇的好老婆。

但是这帮家伙，自己都找到了什么老婆啊。

每天下班都拖着我流连夜店，不肯回家。偶尔还会跟我赖账，要我帮他们付一杯塔奇拉的酒钱。

我常取笑他们在公司是狗熊，在酒吧是恶狼，回到家是阉猪。

嘿嘿，有家的男人们，过的都是猪狗不如的生活。

我在这个城市里过着一个人的生活。哦对了，家里其实有个女主人，是一只叫做贝壳的虎斑长毛猫。每天蹲在落地玻璃窗前，安静地等我回家。

一个人和一只猫的生活，有种无法无天的自在。

其实我二十七岁时，差点结婚。

十九岁的时候，我和戴恩宝都从外地来到这个城市，读同一所大学。

大一的时候，戴恩宝报了舞蹈社团，我是宣传部的，我们在一台晚会上相识。她那次跳了独舞《倾城》，有恍若隔世的惊诧。

大二的时候，我挑了个月黑风高的夜晚爬到戴恩宝的宿舍里，她成了我的女朋友。

大三的时候，戴恩宝打算出国。我陪她k英语，考托福，结果她的分数还没我高。但是她一个人去了可爱的美利坚，原因是我没钱一起去。

大四的时候，戴恩宝爸爸生了大病，欠了很多钱，供不起她在美国昂贵的学费。戴恩宝没有选择回来，固执地留守。我打工，帮她补贴。

毕业后，我顺理成章地留在打工的外企工作，收入中等，职位中等，生活平淡。

我一直忘记问戴恩宝要不要回来，只是每个月按时给她寄一份数目不多的钱。

我知道，这些钱远远不够她的生活开销，她却从来没有问我多要过。

我知道她有她的办法，因为她是戴恩宝。

三年后，戴恩宝从美国归来。

我去机场接她，我说："戴恩宝，你怎么还是一幅巨傻的学生样子。"

戴恩宝把背包一把甩过来："齐岩，你怎么还是瘦得像猴子一样难看。"

戴恩宝是个很神奇的女人，她离开的时候是什么样，回来时还是什么样。

离开的时候一无所有，回来的时候只是多了一双结满茧子的手。

我说："恩宝，我们结婚吧。你看，我买了房子，工作还算稳定，打算在这里定居。你可以在这个城市找个不错的工作，我们可以生一堆迷你恩宝。"

我说这些话的时候，讶异这是不是哪部电视剧的陈词滥调。

戴恩宝说："齐岩我爱你，可我更爱自己。"

我点点头，我明白她的意思。

她最爱自己，最爱原始的自己。

因此分隔这么些年，她才能守住真实的自己。

戴恩宝用她大部分的积蓄给我买了辆十万块的小车，然后消失不见。

她给我留条：男人得有辆车。另外，别到处找我。

从来没有尝到过一碗热汤的关怀，又如何能知道冷风是最冰冷的杀人武器？

因此对于戴恩宝的离开，我没有感觉落空。

没有留恋，没有抱怨；虽有些失落，却能释怀。

后来有人告诉我，戴恩宝在拉萨跟从一个老画师学画唐卡，每天坐在游人如织的游览区精描细绘，还在工作之余为他生了四个迷你恩宝。

拉萨靠天空那么近，戴恩宝一定被晒得一身古铜。

三年过去了，我的腰围从二尺二变成了二尺五。那一段陈年情事不复存在，仿佛已经投胎转世去了。

3

我应该永远不会忘记，认识美雪的那一天。

那天是七月二十三日，星期六。

那天是晴好天气，光辉照耀大地。

我和好伙伴文良经过三天的努力，结束了在昆明的商务谈判。

这一次谈判，我们赢得的不只是丰厚的利润、可观的奖金。速战速决的我们还得到了满满七天的假期，那原本是公司留给我们和对方软磨硬泡的时间。

中午去吃了油水十足的过桥米线，我和文良回宾馆洗澡、收拾、退房。

下午一点半过一点儿，我们坐在昆明到丽江有些气流颠簸的飞机上。

其实丽江离昆明也就区区几百公里，可是云贵高原山川复杂，坐汽车竟然要一夜的辰光。放在江南的城市，城际列车只不过用两三个小时便能越过这些距离。

因此整个云南省的航空行业是相当发达的。全省数十个坝子和城市，个个都有自己的民用机场，用于满足近年来突飞猛进的旅游产业。

虽然航班众多，但机票打的折扣却很少。我和文良买的是来回机票，打了七折，一千四百八。

短短四十五分钟的航程，几乎都在上升和气流中度过。

我对身边的文良说："花钱买罪受，可别再把命丢了。"

文良说："可是到了云南不去丽江，实在没法对自己交待。"

哼，这小子是没法对老婆交待吧。之前在昆明就一直打听丽江的特产了。

盘旋在丽江上空整整二十分钟，飞机终于克服气流，平稳降落。

丽江机场居然没有登机通道，我跟文良一下飞机就在凉爽空旷的飞机场上狂奔。然后像两个乡下人一样开始拍照。

丽江的天太蓝了。

还没来得及感慨，就有工作人员拿着大喇叭喊："请那两个人快点离开跑道,又有飞机要下来了。要照出去照。"

之前在昆明,就通过网络订好了丽水源客栈。出了机场,便有客栈的巴士等在门口,上车直接飞奔丽江城。

丽江是一个古老而年轻的城市。

说古老,是因为整个古城的保护相当了得,虽然之前遭受过战争和地震的祸害,却在重建时几乎完全按照旧时模样恢复。因而整个古镇被纳入世界文化遗产。而年轻,是因为当你走出古镇,只要转过街道,便可以看见相当现代的城市生活,与任何一个江南小城没有什么区别。

安定平和的云贵高原和层层叠叠的玉龙雪山,烘托包裹出这样一个特别的丽江城。

走进古镇正是下午五点,才发现寻找世外桃源的梦想彻底破灭了。

古镇里面上上下下、前前后后,全都是人。

我和文良面面相觑,然后瞪着丽水源客栈的司机。

司机乐呵呵地笑着:"你们看,热闹吧。"

热闹,我们要热闹做什么?赶集啊?

"嘿嘿,书里都说,丽江是一个特别适合艳遇的地方。现在正是旅游旺季,全国的美女都涌过来了。你们俩小子有福气了。"

不得不感慨媒体炒作的力量。不过短短三年的时间,通过各种书,各部电视剧以及各位名人的介绍,玉龙雪山、走婚、摩梭族、纳西古乐、随性生活这些词成为很多人挥之不去的美梦。

"我倒,看来大家都是来赶艳遇的集的。"文良嘟囔了一句。

我和文良决定先跟司机回客栈安顿、休息,晚上人少些再出来

KISS LOVE, BUT YOU KILL LOVE

逛。

从来没有住过民居型的客栈,我和文良都感到新奇好玩。他挑了个院子旁边的单人间,坐在房间门口可以看见院子里欢腾的孩子。我的房间在二楼背阴处,到下午才能进来阳光。对,我就是这样想的,每天要安安静静睡到中午。

这里就是我和文良要告别烦嚣,小住一周的地方。这里,应该就是文人说的"岁月静好,只缺烦恼"的地方吧。

但愿岁月静好。

简单地收拾洗漱过后,我倒在有草药味道的床上,沉沉睡去。

在梦里,我看见戴恩宝坏笑着说:"怎么啦?舍得离开你的城市啦?这里靠天堂真的更近哦。"

若干时辰过后,文良狂砸门,我才醒来。仿佛一睡千年,我不知身在何处。

摇摇晃晃下楼,遇见上海老板娘,我开玩笑说:"枕头里是不是有迷魂药?睡下就醒不来了。"

晚餐是在客栈的餐厅和老板一家一起吃的。

开餐之前尝到了丽江四大样,都是些干果糕饼什么的。有吉祥福寿的意思,是给客人接风洗尘的礼品。可能旅途劳顿且饿了太久,我和文良抓起来胡吃海喝一通。后来才发现我们的抉择是正确的,等正餐上来之后,我们俩就只有干瞪眼的份儿了。

油炸水蜻蜓、米灌肠、鸡豆粉、丽江粑粑……不是不敢吃,就是不好吃。我跟文良盯着一锅火锅杂菜吃得满头大汗。

好不容易扒完一碗米饭,我跟文良筷子一丢:"抓紧时间出去逛逛,不然店都要关门了。"

老板和老板娘相视一笑,没有答话。

谁唱过"只有爱让人心情舒畅"?吃饱饭,睡饱觉,然后没什么事情到处闲逛,人的心情也是会不错的。我和文良踱出客栈,真正走进丽江的夜晚。

和想象的完全不一样。

夜,垂柳,暗流,圆月,人影稀疏,静谧祥和。好像没有人用这些词形容过丽江的夜吧?

原来,是我们误会了。

街道上,挤满了夜游的客人。啃着玉米的,讨价还价的,四处拍照的……

"齐岩,我觉得好像在后海的感觉耶。"

"对哦,简直就是一个大后海。"

不过没一会儿,我们两个白痴就被路边的两个MM叫住了。

"两个酷哥,帮忙拍照啊。"

"拍什么?"

"拍我们俩啊。"

"可是到处都是人……"

"没关系啦,来咯,一、二、三,油漆……"

她们两个一个叫漫琪,一个叫承曦,从南京过来的。

"好,咱们算是认识了,一起去喝酒。"

文良瞪了我一眼,好像在说:"这样捡到的女人很危险耶。"

我瞪了他一眼,意思是说:"既然老婆不在身边,再多危险也不算危险。"

我拉拉文良,给他看钱包,里面四个杰士邦整齐地待命着。

"哦，时刻准备着。"

既然丽江的里子、面子都充满着淫荡暧昧的偶遇笑容，何不入乡随俗，成全一段尘世之外的传说。

北京的后海，上海的衡山路，苏州的十全街，这些夜店丰富的街道我都曾经不止一次地逗留过。如今，我、文良和两个陌生女人坐在一个叫做"月光和酒"的酒吧，一听就有不醉不归的冲动。

漫琪和承曦在丽江已经呆了三天，看来已经很习惯这里的饮食风味了。一口气点了烤肉串、粑粑、馅饼、炒水菜、鸡豆粉和吹肝，当然，还有一打啤酒。

河对面有人开始兴致盎然地拉歌，两个女人耐不住性子了，撩我们和对方开仗。

在大研古镇拉歌，切不可友谊第一、比赛第二。不然身边的女人非跑光不可。越难听的，越粗俗的，越下流的，用流行的曲子现套上来，还要唱得严丝合缝。这样才能显得有才情而不滥情，多情而不色情。

比如，对方唱："掀起了你的裙子来，让我来看看你的腿……"

你最起码得回："你的脑袋像个猪头，加个肚皮就叫八戒。"

我跟文良哪里能有这等功夫，目瞪口呆地看娘子军们打仗。

随着一杯杯啤酒下肚，我们明显high起来。不一会儿就能连吼带唱地把对岸弄得鸦雀无声，然后笑成一团。

"来，那个……什么琪，咱们干杯！"

"漫琪啦！"

漫琪喝酒，娇嗔的脸红晕漾起，很是好看。

如水的月光下，四个人不问前世今生地这样相遇，这样欢闹，这样无所畏惧地爱恨一场，然后轻松地两两相忘，应该是最合适的方式吧。

如果，如果某种程度的相爱就可以这样如烟花般轻浮，我们都不会介意。

"哎，我是你的阿妹，哎，阿哥哟！"

"嘿嘿！我是你的阿哥哦！"

我在一阵欢腾的对歌声中醒来。我居然就坐在这河边的小木椅上睡着了，这样没有心机的夜晚。

"呀梭、呀梭、呀呀梭！"

"呀梭什么？"

"呀梭就是再来一首的意思啊。"

我发现身边除了漫琪和承曦，又挤挤满满地坐了三个女孩子。

"她们是在这边唱歌的孩子。"文良看出了我的疑惑。

既然醒了，干吗还愣着浪费时间？

"呀梭、呀梭、呀呀梭！"

于是，我们从《两只蝴蝶》唱到《丁香花》，从《康定情歌》唱到《浏阳河》。她们的声音高亢清亮，我们基本只能乖巧地做和音，打拍子。

突然，中间一个留着披肩发的女孩说："唱满五首歌了，十块钱。"

哦，文良讷讷地掏钱。这些势利的小孩子。

一下子安静了，仿佛喧闹的剧院一下子散场，大家突然不知道该做什么。

KISS LOVE,BUT YOU KILL LOVE

承曦叫了三个空杯子。给她们倒满啤酒。

那个女孩说："我们只卖唱，不陪酒。"

承曦忍不住笑出声来："我是女人，不需要你们陪。是怕你们唱这么久口渴。"

我说："是不是还没成年，所以不能喝啊？"

披肩发女孩突然把脸凑近我："那你要不要试试看呢？"

我靠，难道我真的喝太多了？足足愣了三十秒没接话。

其他人已经笑倒了。

文良疯狂地拍桌子："齐岩，你带她回客栈！"

4

那一晚，我可以忘记漫琪，可以忘记承曦，可以忘记酒吧里种种的美味，忘记拉歌时的处处欢愉，可以忘记那一场不知今夕何夕的沉睡。她的两个伙伴叫什么，我也已经全然忘记。

可是，当她说："你要不要试试看呢？"我无法忘记。

她说："我叫美雪。"

于是，我和她就这样在丽江的酒吧中相识。

彼时，她穿着淡蓝色的毛衣，纤瘦的牛仔裤，长长的披肩发不经意地束起。酒吧的灯光很暗，月色却很敞亮。我借以看清美雪的眉目：清淡的眼角眉梢，仿佛一幅已经略微退色的图画，想要失去踪影。右眼睛边似有一道锐利的疤痕，让右眼显得有些胆怯而收敛，不似左眼那么灵活乖张。

"上火塘的阿婆还没睡着，这时你不能进来！"

"下火塘的阿妈还没睡着，你要悄悄地别弄出声响！"

略为沉闷的气氛被美雪清亮的声音划过一道光线，所有人又在声音中蠢蠢欲动。丽江的夜晚，就是这样一个一遇到旋律就生机勃勃的世界。

两个前卫装扮的女生经过，停了下来。用高八度的调子一下子抢过了美雪他们的风头。美雪不甘示弱地立刻提高声调回应。两个女生唱不过，做了个鬼脸，然后嘻嘻哈哈地跑掉了。

"她们真是讨厌耶！"承曦说。

"哼，她们啊。哪里是出来唱歌的，是出来卖身的。可是我们唱得比她们好，抢了她们不少生意。因此她们特别恨我们呢！"
"美雪三人组"中年纪最小的那个女生气鼓鼓的。

我问："那你们出来唱歌是为了什么呢？"其实还不都是一样，为了钱呗。

"我是想筹下个学期的学费。家里供不起了，呵呵。"美雪想了想说。

这个答案多少是让人有些意外的。我从杯盏中抬头，碰见美雪似笑非笑的眼神。这样的眼神我觉得似曾相识。戴恩宝曾经也那样看着我。那时候，她刚刚决定要离开我，去遥远的西藏。眼神里有满满的倔强和不服气。

"哦，了不起呀。美雪多大了？"文良问。

"开学就读高中一年级了。我是四川人，还想回去。四川多好啊，我大学想读四川外国语大学。就是不知道能不能再继续上了。"到底是孩子，美雪有点儿不好意思。

我们四个大人听了都有些难受，酒已经醒了大半，也没有唱歌的心情了。

赤裸的简单的目的,是歌舞升平再也掩饰不了的尴尬。

我说:"谢谢你们了,早点回家吧。爸妈要担心了。"

美雪从包里掏出一只玫瑰花,递给我:"这支送给你,大叔。谢谢你们今晚照顾生意。"

大叔……我寒了一下。

说完,美雪领着两个女孩离开了酒吧。

那天晚上,仿佛一下子失去了某种暧昧的味道。我们被美雪漫不经心的现实状况打回了原型。和漫琪、承曦互相留了MSN和手机号码,我们互道晚安,然后告别。向左走向右走地消失在蔓延的夜色中。

回去的路上,文良问我:"美雪真的要靠唱歌来筹学费吗?真不容易哦。会不会是骗我们的?"

我却不可抑制地思念起戴恩宝。是你吗?是你召唤我来了丽江,来到靠天空更近的地方吗?是你让我遇见美雪,和你有着一样坚强眼眸的女孩吗?

是你怕我快要忘记你吗?

我以为你从来没有伤害过我。看似流过无痕迹,其实你一直停留在我的心上。

我不知道怎么会又再次遇到美雪。那么广阔的大研古镇,那么多条奇奇怪怪的街道,那么多来来往往的游客,连卖唱的女孩都如鱼儿一拨又一拨。

在丽江的第二天晚上,我却再次邂逅美雪。

文良这个无趣的家伙，想老婆想得快死了，居然呆在客栈和老婆视频聊天。我一个人找了餐厅吃PIZZA，喝黑啤酒。月亮上来了，我也醺醺然，一个人沿着街道闲逛，看见好玩的，新鲜的，就停下来瞪着犯傻。

有人从我身边跑过，和我撞了个满怀。还好，两个人都没摔跤，只是散落了一地的玫瑰花。

我认出是美雪，她也认出了我，昨天的顾客。

城管气势汹汹地追上来："说了多少次了，不许你们在酒吧里卖唱！"

美雪不服气地争执："那么多卖淫的你不管，管我卖花的干什么？"

"要罚多少？"我掏钱包，给了城管两张一百块。城管收了钱，开了张收据，瞪了她一眼，走开了。

美雪蹲下来收拾一地的玫瑰花，我也帮她一起捡。

"其实不用罚款的，跑快点能躲得掉。"她白了我一眼。

得，还怪我挡路了，帮了忙还不得好报。

"我没钱赔给你啊。"美雪把乱糟糟的玫瑰花捧到我面前，"用这个代替吧。"

我笑呵呵地接过花，说："谢谢。"

我捧着一大把花，跟美雪顺着河边溜达。

"你常常要这样躲城管啊？"

"还好吧。他们老是把我们当成流莺。"

我说："但其实不是吧。"

"当然不是。可是他们不会管啊。其实在酒吧唱歌一开始生意很好，一晚上能挣不少。后来那些不大正经的人也借着卖唱来卖身，把市场弄得乱糟糟的。"美雪无奈地吐了吐舌头。

呃，恶性竞争导致市场混乱，需要国家相关政策来宏观调控一下了。

"那你呢？心情不好吗？"美雪问我。

"心情不好？你怎么看出来的？"

"在丽江，只有两种人，快乐的人成群结队；不快乐的人形单影只。你是哪一种？"

美雪看着我，仿佛洞察我的所有悲喜。

我和美雪安静地坐在大研古镇边的山岭上。

凸出的石头一角，刚够我们依偎容身。

俯瞰遥远的古镇，仿佛鲜活的尘世地图，而我们则是凌驾于烦嚣的仙侣。人间的点点灯火，天上的点点星火，分不清哪个离我们更近。

"你看，在你面前是繁华的大研古镇。反过来……"我们回头，"是辽阔的山地。"

"你知道吗，在丽江有个传说。只要恋人真心相爱，牵手从悬崖上跳下去，就会永远在一起。"美雪望星空。

"当然了，早就摔得血肉交缠，当然永远在一起了。"我不屑地说。

美雪瞪我。

我拍她脑袋："你几岁啦？这么小年纪就这么迷信。"

美雪又瞪我："下周我就十五岁了。"

我拿起身边的玫瑰花，数出十四朵，递给她。

美雪问："为什么是十四朵？"

我"嘿嘿"怪笑："当然，还有一朵是你啊。"

美雪脸红，抱着花笑："谢谢。"

倒了，我居然用李敖老先生的战术骗晕了一个未成年小女孩。

美雪是个乖巧的孩子。

她说："大叔，你是个好男人。为什么还没结婚呢？"

她说："大叔，你生活的那个城市是什么样的？"

她说："大叔，如果有机会，我一定会离开这里。"

……

随时有问题，她就会随时提出。不管是在束河古镇的马背上漫步，还是在午后的酒吧门口半醒半梦；不管是在木府阴森腐朽的建筑里穿行，还是在夜晚的河边吃烤玉米。

我们有敌得过天长地久的时间呆在一起。

我说："美雪，你的眼睛从来就是这么漆黑吗？眼角的痕迹是小时候淘气时划伤的吗？"

我说："美雪，你一直都没离开过这里吗？可知道有太多的麻烦，在这之外的世界。"

我说："美雪，如果你再大一些，我或许可以带你走。"

我转头，美雪正怔怔地看我。我又看见那双极似戴恩宝的眼睛。

美雪，你有简单的名字，简单的轮廓，简单的装束。你该留在这个简单的世界，拥有简单的人生。

5

送美雪银戒那天,是她的生日,我们相识的第七天。

那个时候,我们坐在米思香的门口,享受七月午后淡淡橙色的阳光。

我喝着非常正宗的Latte。

美雪狂喜欢吃米思香的凉面和卤鸡腿,一个下午整个爪子都油腻腻的。

等她吃完第三碗凉面和第四只卤鸡腿的时候,我一把抓过她的油爪子。

"别吃了,再吃胃要撑炸了。"

"今天我是寿星,你居然不给寿星吃寿面!"

"擦干净手,我有礼物送你。"

我拿出刚刚在后面居屋银饰买来的戒指,丽纯银在阳光下好像玻璃一样脆弱。

"干吗,求婚就一个银戒指吗?"

我钉她一下脑门:"小妹妹,别忘记你一直叫我大叔耶。"

"好吧,谁让我的幸运物就是戒指。谢谢大叔!"

伸出手,我看见阳光下她青白的手指上挂满了叮叮当当的戒指,藤编的,藏银的,甚至还有聚乙烯的;花型的,镶石头的,骷髅造型的,古古怪怪。

我的丽纯银就是简单纤细的一个环,在背面镌刻着一串字符:Snow Girl。

我帮她轻轻戴在惟一空着的食指上。

她举起来,对着阳光傻傻地看了很久,然后说:"大叔,要是你买它超过十块钱就亏了哦。"

她站在午后两点的阳光里,张开双臂,做飞翔的姿势。

金色的光线覆盖了她的身体。

我看不清她身上粗布衣服原来的颜色,黑色的长发被渲染成紫红。她在阳光里仿佛周身都生出了淡淡的绒毛,快要向天空飞去。

她渐渐消失,仿佛水汽般融化在阳光里。

"大叔,你知道为什么要把你送我的银戒指戴在食指上吗?"

"呃,因为要遮住食指上的黑痣吧。"

"笨猪,谁在乎这个啊。"

"那你,是想嫁给我?我考虑一下哦。"

"切,想得美!你看,像这样双手反扣,然后一次次分开不同的手指。拇指、中指、无名指,他们代表亲情、友情和金钱。他们都可以轻易分开。"

"哇靠,真的,只有食指,怎么都分不开。"

"嗯,食指代表爱情。"

所以,食指紧扣的爱情。

我伸手拥抱。

可以拥抱你一次也好。

美雪回过头,头一次叫我的名字:"齐岩,我们回丽水源吧。"

迎着阳光看她,她稚气的眼睛仿佛一颗蕴藏千年的石头。

丽水源,是我栖居的客栈。

一座小小的古旧的民居,坐落在新华街翠文段上,到最热闹的四方街步行只要五分钟。

KISS LOVE,BUT YOU KILL LOVE

一进院落，安静的波斯菊在桌台上静静绽放，两座木制秋千椅上总是坐着阅读的人。阳光从天井上斜斜地照射下来，没有人嫌弃它太过张扬。

院子中间有一张大方桌，上面堆满了瓶瓶罐罐，像小时候过家家一样，可以自己取些自制泡酒独自享用。到了晚上，方桌边就坐满了深夜买醉的人。

男孩在逗肥胖的花猫，女主人多半在厨房用当地生产的野菜包饺子。

看见有人进来，女人会探出头来，闲闲地问："要住店伐？有免费宽带和自助酒，不要太格算哦。"听口音是上海人。

可爱的女人，舍弃江南丝竹的奢靡，非喜欢听这一场高原的清廖。

我的房间在二楼背阴处。

小小的一间。床、电视、宽带、独立卫生间，设备齐全。

只是因为背阴，价格便宜了不少，来丽江的人没有不喜欢阳光的。一天六十元。

在房间里，美雪轻轻拉上窗帘。

暗如黑夜。

两人的眼眸闪亮。

"齐岩，你爱我吗？"

我没有回答。我发疯一般退去美雪的外衣，黑色的长发倾泻而下。她的身材轻薄而丰满，稚气的胸部剧烈地起伏喘息，粉嫩的乳头骄傲地饱胀着。因为黑暗和紧张，美雪有些轻微的颤抖，双手不知所措地垂摆着。

她说:"齐岩,你爱我吗?"

我用热烈的吻堵住她微微干涩的唇。显然她是没有技巧和经验的,甚至都不会笨拙地回应。我的舌头轻易突破防线,肆意索求。

很快,她的双手缠上来,紧紧箍住了我的脖子。然后,那双汗湿的小手延伸到我的肩膀、脊背、胸膛、小腹……

在黑暗的房间里,我们都陷入不可抑制的狂潮中。这世界纷纷扰扰,也颠覆不了我们的温柔梦境。

进入之前,我问美雪:"害怕吗?"

她摇头,说:"你会带我走,对吗?"

阳光斜着从窗外跳进来,窗台上好大一盆向阳花在盛开中度过她一天中最后的时光。

屋里狼藉,满是我们迫不及待撕扯下来的衣服。

美雪裹着床单,背对着我,静静地看窗外即将坠落的夕阳。我看见阳光中有轻微的灰尘在跳舞,有混合的气味在跳舞。

我最喜欢女人的脖子,那是女人身上最性感的部位。

细密的发根,白皙的脖颈,淡青的细纹,灰色的茸毛。连接着女人头部的智慧,通向女人母性的乳房和美丽的私处。

我俯身轻轻吻美雪的脖子,轻轻说一声:"对不起。"

6

高原的天气是一日三季。中午还热得只能穿一件T-Shirt,傍晚得穿一件外套,到了夜里出游,就必须穿加棉的衣服了。

看着丽江繁星欲坠的天空,我摇上车窗。

晚间七点十分。我坐在出租车上，赶八点半的夜机。

同事文良正在兴致勃勃地给老婆打电话："霞磊，我今晚飞昆明，明天上午从昆明直接飞回来啦。"

文良是个好同事，好老公。同时也有个好老婆。

我笑他："你真是个二十四孝老公，还是担心老婆耐不住寂寞啊？"

文良不答我，自顾自地"嘿嘿"笑了两声。

我能感受到这笑声中蕴涵的幸福，却无法体会这样的心情。

那一碗热汤的关怀，是如此俗气却又让人感觉温暖。

飞机晚点，时间未知。

外面开始下雨，雾气迷濛。我和文良傻乎乎地坐在候机大厅。

文良打开旅行包，开始清点带给老婆的礼物：牦牛钱包、羊毛披肩、纳西古纸灯笼以及一堆花花绿绿的挂件、银饰。

我走到吸烟区，点上一支烟。

"你会带我走，对吗？"

烟花明昧中，我仿佛看见美雪漆黑闪亮的眼睛。

我颓然从纠缠中瘫软下来，仰面躺在床上。

我不能带你走。

没法带你走。

不可能。

美雪，美雪。你是那么羸弱的一个孩子，那么冷清的一个孩子，那么艳丽的一个孩子。

是一个，我无法负担的孩子。

因为，因为我只是一个三十岁的普通男人。

而你，今天才是你十五岁的生日。

美雪，美雪。你还是个孩子。

黑暗中，美雪食指上的丽纯银闪闪动人。

她轻轻擦掉我的眼泪，笑着说："齐岩，谢谢你的生日礼物。我很喜欢。"

对不起。

一支烟熄灭，广播里响起登机的通知。

文良匆忙地收拾随身行李。行李箱合上的时候，我看见箱包的一脚，露出黄褐色的铜铃。

"这是布农铃。沙漠中远行的人把它系在骆驼脖子上，清脆的铃声伴随他们赶走独行的寂寥。齐岩，送给你这只铃铛。因为，也许你看不见我，也许你会忘记我。"

AUGUST 八月 狂恋咖啡因

给予爱人的，是一杯薄荷咖啡，醉人的法利赛，酸且苦的波旁，满嘴苦渣的土耳其咖啡，还是疯狂的龙舌兰之爱？

薄荷咖啡。在杯中依次加入二十克巧克力、深煎炒的咖啡、一小匙白薄荷，再加一大匙奶油浮在上面，削上一些巧克力末，最后装饰一片薄荷叶。它是最佳情侣咖啡。

推门进来的时候，善谏是有些恼怒的。如果不是突然下那么大的雨，他们根本不会闯进这间不显眼的小小门面。而当他和舍芷浑身湿透地冲进来，竟没有一个店员在门口招呼。善谏闷闷地喊："有人吗？"过了一会儿，才有懒洋洋的店员递上干毛巾。

舍芷一边用毛巾擦头发，一边打着寒战。"开空调啊。"善谏实在无法忍受地喊。店员面无表情地说："问一下店长，气温还好吧。"不过没一会儿，暖风机还是呼呼地吹出风来。

确实暖和多了。善谏看见舍芷的头发和灯芯绒的小外套渐渐被烘干，终于按捺下蓬勃的火气，打量起刚刚闯入的这家店铺。频伽CAFE。白墙灰瓦的低调，木质门牌的单调。里面是稀疏的七八张木质桌椅。没有沙发卡座，只是再简单不过的铺了黑白格子布的餐台，以及垫了薄薄座垫的木头椅子。一动，还会"嘎嘎"作响。除此之外，这里并没有浪荡的秋千和精致的装饰物。简单得如懒人家的厨房。

与厨房不一样的是，店堂里还算轻盈地回荡着小野丽莎的《Ai Loio》。

善谏和舍芷仍是浑身水汽地坐在窗边。善谏转头看见玻璃窗外，排列着葱郁的不知名的绿色植物。这个季节大多见惯萧瑟惨淡的景象，植物在初冬的雨水中挣扎着焕发出晃眼的绿色，很特别。

"你在看什么？"舍芷对他晃晃手。

"那是圣诞红，冬天正是它的花期。圣诞节的时候红艳艳地能开一大片，很漂亮哦。"侍者刚好拿来MENU，随口答道。

"哦，呵呵。"善谏转过头来看舍芷。这个身型纤瘦的女人因着雨水的寒冷，缩在外套下瑟瑟发抖。善谏赶紧脱下羊皮夹克，用毛巾抹干净浮在表面的水滴，说："快披上。"舍芷看见雨水从他栗色的头发上一滴一滴落下来，打在白色衬衣上，黝黑而健壮的胸膛慢慢显露出来。仿佛是眼睛里氤氲了水汽，舍芷害羞地披上他的羊皮外套。

善谏却不以为意，胡乱地抓起木桌上的餐巾纸擦着胸口和额角发梢。劣质的纸巾在他的胸口、嘴角、脑门留下细碎纸屑，舍芷说："别动。"然后伸出手指帮他轻轻擦拭。

两个人都觉得身体暖和起来。善谏抓住她的手，用绵厚的手掌轻轻摩挲，然后捉住她的小指头，试图含在嘴里。

"点单吧。"舍芷抽回手指，涨红着脸翻开面前薄薄的单子："喝点什么好呢？"

善谏这才回转心思，认真打量起眼前的MENU。每次和舍芷约会，善谏总是为吃什么喝什么而发愁。舍芷从小就锦衣玉食，不是她故意挑剔，只是每次品尝到略微粗糙的食物和饮料时，她的眉宇便会不自觉地撇紧一下。这个动作她自己一定是不会察觉的,她的体贴良善决不会做出任何有悖礼节的事情。只是这不经意的皱眉,更像一道宽阔的鸿沟,把善谏隔在这边过不去。提醒着自己的粗鄙和简陋。

印象当中的舍芷,好像大多数情况下都不喜欢这些美貌缤纷的食物吧。善谏仍旧有点冷,打起精神问舍芷:"要喝什么咖啡?需要什么点心呢?"

拿铁太寡淡,卡布奇诺的奶泡很可疑,玛奇朵的焦糖不健康,ESPRESSO有太多咖啡因。究竟哪一种咖啡的口感特别不落俗套,又健康美味呢?善谏粗略地翻了一遍,仍旧没有答案。他有些局促不安地抬头看着舍芷。舍芷仍然低头挑选着。

"先生,为了表示刚才的怠慢,我们的咖啡师特别为您做了一杯咖啡特饮哦。"侍者端着一只颇大的马克杯过来。

"哈?"舍芷颇感兴趣地抬头。白色的杯中是深棕色液体,乳黄色的奶油俏皮地浮在表面,一片小小绿叶点缀其间。

"嗯,这是首席咖啡师新制作的薄荷咖啡,在冷奶油上倒上温咖啡让冷奶油浮起,成冷甜奶油,但它下面的咖啡是热的,不加搅拌让它们保持各自的不同温度,喝起来很有意思呢。"侍者耐心地讲解这款"薄荷咖啡"的作法。

善谏说:"谢谢你。"然后把杯子递给舍芷,"那么,就给你来尝尝咯。"舍芷开心地接过杯子,深吸一口薄荷香气,喝得满嘴泡沫。

看见舍芷满足地饮用"薄荷咖啡",善谏舒了一口气。他突然很想抽一支烟,来放松他刚刚有些紧崩的神气。穿过弯曲阴暗的走廊,他在走向洗手间的转角处，不小心撞倒一个着暗灰色皮装的女子。

"对不起，没事吧？"善谏急忙扶她。

皮衣女子抬起头来，是一副迷离暧昧的景致。她用邪邪的神气打量眼前有些湿漉漉的男子。微卷的栗色头发，微黑且浮泛着油光的脸颊，扑面而来的混杂着动物皮毛和烟草的味道，白色衬衣下裸露着一块挺拔的胸膛。而善谏尚未看清楚眼前的女子什么模样，便感到她尖细的手指一路从他的唇，他的喉结，他的脖颈，他的胸前，他的小腹，慢慢滑下去。

然后，她拉着他的衣领，闪进了旁边的男士洗手间。

法利赛。在杯中加入砂糖十克、朗姆酒二十毫升，用小勺一边搅拌一边加入深煎咖啡，然后加上一匙奶油，在奶油上滴几滴朗姆酒。它代表，从早到晚陶醉着。

善谏承认那是一次偶然发生的偷情事件。人们通常称之为"艳遇"。善谏并不以为她的短暂闪回会给他的生命带来任何不良影响。她是那么短促。短促的吻犹如细密冬雨般倾洒在他的双唇和脖颈，以及他不可一世的器官上。他甚至来不及好好享受她温软的身体带来的如同舞蹈般律动的节奏感，还来不及看清楚她周身的肌肤是白胜雪还是亮如丝，还来不及听清她的名字究竟是楼萝，还是楼珑。她便从他濡湿的身体下滑走了。他只记得她有很好闻的味道，夹杂着钝钝木头和檀香的浑厚气息，古老又幽长。他整理好衣角和拉链，回味般地抽掉一支烟。走出洗手间的时候，他知道什么事都没发生过。

所以，在另一个晴明的冬日午后，善谏又一次领着舍芷来到频伽CAFE。他不是没有抱着侥幸心理的,但他清楚那个事件重演的几率几乎为零,因为那个叫楼萝或是楼珑的女子,必定如千万的人一样,只是匆匆过客,永不回复。热衷买醉风流的女子,同样害怕遭遇麻烦的后事。

他们依旧坐在临靠窗边的木桌。午后两点很好的阳光正好撒在身上,暖洋洋的样子。善谏探头看窗外的那些翠翠的叶子。他说:"哎,天气越来越冷,可是这些花却长得越来越好了。"

侍者说:"对啊,圣诞红嘛。在寒冷季节里什么花都看不到了,就属它最亮眼呢。"

舍芷看出他的魂不守舍。她说:"善谏,看你无精打采的样子呢,我帮你点了一杯蛮有趣的法利赛哦。"善谏点点头,把杯子端起来闻了闻,说:"晕,这里面好像加了一些酒吧。我昨晚宿醉,闻到酒就有点反胃。还是你喝吧。"然后,他把杯子推到对面,用温柔的眼神看着她。舍芷有着小小的脸盘和清白的眼角眉梢,那是极易感召男性保护欲望的模样。她生于优越环境,却并不骄躁,总是安静自处。她安静乖巧毫不声张的模样,有谁看得出来她的父亲是身家天文数字的企业缔造者?这便是他的女朋友,善谏的女朋友,人人艳羡的女朋友,堪称完美的女朋友。也许再过一会儿,他们的关系便从此再不一样了。善谏甩甩头,试图甩掉昨晚遗留的酒精,和那一身暗灰皮装。

舍芷"哦"了一声,端起杯子准备喝,善谏又打断她:"这种咖啡据说要一口气喝完才能品尝到芬芳醉人的味道啊。"

舍芷说:"可是一下子喝那么多,会不会醉掉啊?"

善谏温柔地笑,好像是在原谅她的孩子气。他说:"不会啊。

KISS LOVE,BUT YOU KILL LOVE

就算你真的醉了,也会很好看。还有我在呢。"

舍芷就听话地捧着硕大的马克杯,"咕咚咕咚"地全部都喝下去了。白色马克杯像个巨大圆盘,遮住她的小小脸颊。

她喝完一整杯咖啡,有些晕乎乎地准备放下杯子擦拭嘴角,意外地发现白色瓷碟上有一粒闪亮的钻石戒指。

善谏说:"嫁给我吧,舍芷。"

舍芷开始"咯咯"地笑个不停。善谏马上慌了手脚,他以为条件颇好的舍芷竟然在耻笑他钻石的幼小和求婚场景的简陋。她会不会要求至少几克拉的第凡内?还是一千朵玫瑰铺陈的前戏?她的笑声让他毛骨悚然。他想,自己对她那么用心经营,竟然还是没有得到她的垂青。善谏感到冷汗爬过他棉质的白色衬衣,仿佛一条黏腻的鼻涕虫,慢悠悠地留下肮脏的痕迹。

舍芷喊:"呵呵,善谏,你是求婚吗?干吗非要把我弄醉了求婚啊,我清醒着一样会答应你啊。善谏呵呵……"

然后,舍芷便绵软地歪倒在木头椅子上,仿佛睡去。天哪,舍芷竟然被一杯法利赛的酒精催眠啦。

善谏狂躁的体温逐渐平息,他明白事件的进展终究是他想要的。舍芷爱他,且应允与他共度余生。他拍拍她红扑扑的小脸蛋,惹人怜爱和保护的女子。善谏拎拎自己已被汗湿的衣领,吁出一口气。他摸索出一支烟,转头打算找火柴点燃,竟意外地发现几乎频伽CAFE的客人和店员都在注视着他们这一桌。

呵呵,一定是刚才舍芷闹得太大声了。善谏欠欠身体,表示歉意。

仿佛一亿光年外折射过来的一道光线,微软但却被敏感捕捉。

善谏回过头来，看见不远处的暗角是那双迷离暧昧的眼神。那个暗灰皮衣的女子，又在远处注视着他。那眼神，是挑衅——这一次你还敢不敢？那眼神，亦是勾引——让他回忆起上次交媾的所有细节。

善谏面红耳赤，脊背上刚刚阴凉下去的汗腺再次疯狂滋生。

果然，那女子甩掉手上半截烟灰，往频伽CAFE阴暗的深处走去。善谏步步相随。进入CAFE仓库之前，他试图回头看看舍芷的睡姿是否安好，却意外地找不到她了。在一刹那，善谏希望舍芷醉得深沉，从清晨到日暮。

他三步并作两步，迈进了那道黑暗。

波旁咖啡。在深煎炒的咖啡中滴几滴雪利酒，咖啡和雪利酒相配的味道非常好，如同爱情中的甜，与酸，与思念。

善谏终于记得她的名字是，楼龙。

那一次做完爱，她伏在他的耳边，轻轻说："记得我的名字，叫做楼龙。楼兰的楼，龙王的龙。"

善谏并不在意她并不明朗的外表究竟被赋予了怎样的名称。他在乎的，是她鲜艳垂落的嘴唇，是她弹性活跃的身体，是她低贱淫荡的态度。他承认，她是让他疯狂的。否则，他怎么会在缠绵完毕后紧紧地抱着她问："告诉我，怎样才能联系到你？我想再次见到你。"

楼龙却发出沙哑轻蔑的笑声，和舍芷的清脆完全相反："你这个男人啊。要知道，你的准新娘还在外面等你呢。"

善谏笑："可是她睡着了啊。"仿佛她的醉酒是他越位的正当理由。

　　楼龙说:"我一直会来这里啊。想见到我,就来找我嘛。我也很喜欢你这个生猛的男人,嘻嘻。"

　　善谏不知道真的是自己因着酒醉的缘故还是消耗体力太多,他扶着舍芷回去的时候,一路都跌跌撞撞。

　　接下来的一段日子,善谏都会一个人抽空来频伽CAFE坐坐。他自然是不会带舍芷的。每次他都点着烟在几十平米的店中逡巡而过,试图发现那件暗灰皮衣的身影。可是他看熟了格子布的每条细密纹路,看腻了墙上惟一一幅印刷画《向日葵》,试遍了店里几乎每一张不同位置的桌子和椅子,却再没有看见她。

　　那个叫做楼龙的女子,终究还是一样风流云散,杳无踪迹。善谏想:其实自己只是迷恋她温热青春的身体罢了。目前该做的,是打起精神,好好准备与舍芷即将到来的婚礼。必需认真小心地完成,像期待得到老师表扬的家庭作业。

　　他抿一口这几天一直点的咖啡,深黑苦涩的液体,回到舌尖有强烈的酸味。每一次他都皱着眉头小口小口地喝完。他知道其实自己并不爱喝咖啡。

　　龙舌兰之爱。龙舌兰酒先倒入杯中,再将咖啡冲入至八成满,加热后,在上面挤一朵鲜奶油花,再洒些巧克力碎片。这样奢华而疯狂的爱恋。

　　频伽CAFE坐落在这个城市东南角的某条巷道中。如若不是熟客或是被朋友带来,很难发现它竟是一处咖啡馆。而不起眼的外表让人很难有消费欲望,于是有人匆匆走过都不会留意。只是偶尔门缝开启的时候，会有咖啡豆的挑逗香气传出来。于是有人正好闻到，进去了，便喜爱了。有人说这里的咖啡让人上瘾，一定有个心思灵巧，技术高超的咖啡师傅。也有人说这里静谧沉默，仿佛着了隐身衣一般隐匿在最华丽的喧嚣中。

  善谏领着舍芷再次来到频伽CAFE的时候，侍者正蹲在店外的墙角边伺弄那些愈加鲜嫩的绿色植物。舍芷嘀咕："一个月不见，这些花花草草竟然长高了这么多，现在是冬天哎。"

  侍者转头看着他们笑："是啊，好像这种季节能看见这样饱满的水分真是不多啊。到处都是枯枯的叶子，要么就是松树什么的。"

  善谏笑："还会发育到什么时候啊？下雪也不怕被冻死吗？"

  侍者说："如果今年是白色圣诞节就好了，如果你们到时能来玩就能看见它火红的花了，和现在是完全不一样的景色哦。"

  很多如果的叠加，也许就没有如果，但也许会照常发生。谁都会有既定的轨道按部就班，也都有滑向流离的可能。谁知道呢？

  彼时的善谏和舍芷，已经成婚数十日。想必婚后的生活是让彼此都满意的。善谏如愿进入舍芷家族企业的管理层，蒸蒸日上的事业让他整个人都朝气蓬勃。舍芷安心享用一个好丈夫，他的体贴和关心让她整个人都甜蜜轻盈。每日早晨，舍芷起身为他做橘子酱面包和煎茶，善谏在扑鼻的香气和她清凉的吻中醒来。善谏也了解她的喜好，常常在下班时多堵半小时的车，为她买烤焦饼干和鸭脖子。晚上他们就抱着零食看完一张又一张DVD，或一本杂志，一本书。屋内安静，偶尔有低声的音乐当作背景。

  善谏大多数是会推掉无谓的应酬的，因为他深切知道，讨她的欢喜远比其他一切的关系都来得实际有效。所以他宁愿放弃很多男人热衷的交际活动，把整个夜晚的蹉跎当成另一种投资。

所以在这样一个午后，他们手拉手地游荡过城市喧嚣的马路，来尝尝这里的美味。如同大街上任何一对恩爱夫妻。

他们仍然选择靠窗迎着阳光的位置。今天的光线很强烈，善谏刚刚坐下，眼睛便被光线照射得眯了起来。在金色丝缕中，他隐约看见暗灰皮衣女子楼龙穿梭而过。善谏侧侧脸，试图躲避强光的骚扰，他的眼睛因为刺激而流出眼泪来了。

这一回他看清楚了，楼龙戴着墨镜从频伽CAFE的大厅快速走过，很快隐秘在不甚明朗的店堂暗角。

天哪，是她，楼龙，一定是她！善谏也不明白自己为什么会那么激动，他慌慌忙忙地站了起来，撞翻了桌上的柠檬水。

舍芷问："没事吧，怎么了？"

善谏急急地说："没事没事。你等我一会儿，我马上就来。"然后善谏丢下一脸狐疑的舍芷，紧紧尾随楼龙而去。

是的，直到看见你。我才知道，我有多思念你的……身体。

他们几乎弄翻了小仓库里所有的储物架，苍白的面粉，咸腥的黄油，还有迷乱的各式各样的香料，纷纷扬扬地，撒在他们的发丝上，包裹在他们的皮肤上。他们像两条快要干渴窒息的游鱼，拼命地吮吸对方身体上残存的水分。她身上荼蘼的味道确实让他着迷，仿佛来自遥远而又歌舞升平的年代。

"看你的闹猛劲儿，难道好久没碰女人了？"楼龙的手指摩挲着善谏裸露的黑色肌肤。

善谏并不答她，依旧埋首磨蹭着楼龙嫩且张狂的胸脯。脑海中,短暂地跳出舍芷的身体。她们是如此不一样。一个疯狂,一个沉静;一个炽烈,一个冷静;一个攻守自若,一个予取予求。每一次和舍芷的欢好,他都担心他的锐利会不会弄伤她,害怕她因激烈的撞击和攻击而无法承受。他觉得恨恨的。为什么除却平日里的小心翼翼,在她面前,连在床上的时候都不能为所欲为,无法无天?

善谏抽动得更加猛烈,楼龙也入戏地声声孟浪。仿佛揉合成为一块面团,癫狂不止,直至她的声嘶,他的力竭。

善谏抱着楼龙,轻轻说:"你知道吗,我真的不想放你走。"

楼龙"哈哈"大笑:"你当我是十七岁的幼稚女生吗?你说这些话算什么呢?男人在情场上惯用的伎俩吗?你说想和我在一起?那么,你的老婆呢?你的舍芷,对不对?你那些依靠她营造起来的事业呢?呵呵。"

善谏变了脸色,推开楼龙:"我们不过第三次见面,我从未对你说过这些。你怎么知道这些?你调查我了?"

楼龙却舒缓了脸色,慢慢地用手指梳理被面粉弄污了的头发,她说:"我知道你在乎我的,呵呵。那几次你一个人来……"

善谏立马蹦起来:"那几次你都在?我怎么没看见?你知道我找你为什么不出来见我?"

楼龙已经披好她的暗灰色皮装,她轻挑眉毛,又露出初次碰撞时那种阴险邪气的眼神:"因为我喜欢和另一个女人分享你啊。要知道,男人和另一个女人偷情,而他的妻子人在几米之外却毫不知情,这是多么刺激的一件事情啊。呵呵。"

善谏极其后悔缠绵之后没有速战速决,而是和她罗嗦了这么多。和她的交谈让他感觉沉重。男人是不喜欢为单纯的欢好添加那么多附加条件的。他知道自己压根儿不爱她,只是迷恋她的体味,她的身体,她的姿势和声音。她以为算什么?本来就是找乐子的事情,既然你不想简单快乐地玩下去,那么,只有收场。

善谏迅速地穿着衣服,想用沉默结束这一次意外。

楼龙像第一次见到他一样,撅着屁股,拉着他白色衬衣的领子说:"怎么?害怕了吗?还是在想怎么样把你的老婆甩掉?怎么样,要不要我来帮你解决……"

"神经病!"善谏激动地推开她,"要是做什么过分的事,你自己负责!"

楼龙用暗灰色的眼珠子看着他许久,缓缓吐出一口气。那阵沉郁的气息夹杂着面粉的干涩,黄油的腥臭,香料的陈腐扑面而来,让善谏感觉窒息。

恶心的味道,仿佛来自深植于地下的植物。暗无天日,混沌腐败。

土耳其咖啡。在奶盆里倒入研细的深煎炒咖啡和肉桂等香料,搅拌均匀,然后倒入锅里,加些水煮沸3次,从火上拿下。很香很苦,留下满嘴的浮渣。

"善谏,你对我说实话。"舍芷头发凌乱,衣着混乱地摇着他。

善谏依然保持温良的态度,虽然他已经解释了一千遍:"乖乖,你别胡思乱想,那只是梦。你知道的,那不是现实。"

自从舍芷得知自己怀孕以来,便常常遭遇同样可怕的梦魇。大片大片的绿色田野,植物高得没过头顶,她一个人小心独行。舍芷害怕得高声喊"善谏,善谏",却始终看不到他。她闻到一股悠长绵延的气息，似有若无，仿佛来自生长很多年的某一种植物。对，就仿佛人类的体香，那是植物身体的味道。无所谓香臭，只是沉郁浓重，挥之不散。在气味的牵引下，舍芷看见大片的植物匍匐在地，上面赤身裸体的男女在疯狂晃动着。她看见男人身上布满大片红色瘀痕。那是亲吻的痕迹，还是病态的显现？

男人回头。她看见，那是善谏。

第一次被噩梦惊醒，舍芷痛哭着推醒善谏，哭喊着问："那个女人是谁？那个女人是谁？"善谏睡意朦胧，好脾气地把她揽在怀里，轻轻拍着说："好乖乖，做噩梦咯。别怕，别怕。"舍芷却哭得更加厉害："就是这种味道，你的身上有怪味！"

善谏猛地坐起来，他低头嗅他的肩膀，他的腋下，他的小腿。竟然真的是那样缠绕不退的气息，说不清道不明的感觉。但他知道，那来自楼龙。

好在第二天，善谏带舍芷去医院做了体检。医生说她有轻微产前抑郁症。善谏便有了很好的理由，在她每次哭闹时用药物搪塞过去。

只是医生说："挺奇怪的，一般孕妇只有到出现强烈妊娠反应或身体走型的时候才会出现这种症状。她怎么在怀孕初期就患上了呢？家人要多关心她，尽量多开导她。不然会越来越严重。"

善谏稍许放了些心，他知道她并没有发现什么。而他，也将永不和那个叫楼龙的女子有任何瓜葛。但那种味道却是真实存在的。好在，他和她终于也都慢慢习惯，那些陈年味道在生活中的角色慢慢褪去。

新年快要到来的时候，舍芷的妊娠反应开始严重了。本就有些抑郁的她开始更加难过。总是觉得饿，闻到熟食的味道就会吐出来，硬塞下去东西过不久也会吐出来。舍芷开始迅速地消瘦下去。她的脾气也越来越坏，因为终日无所事事，她开始白日睡眠，到了夜晚就开始断断续续地哭泣。那种很小声但从不断绝的哭泣极其耗费精力，也让善谏整夜惊恐得不能成眠。然而他依然是乐观的。他想他要尽心尽力地照顾她，做个好丈夫，以后做个好父亲。不，不，他绝对不是虚情假意地想表现自己的专情，此时此刻的他，真的以为自己是极爱极爱舍芷的。

周日的白天，善谏刚刚陪她吃了些许食物，很快她又吐掉。舍芷疲惫不堪地说："善谏，我想出去走走。"难得的好脾气，善谏欣然应允，尽管他困得几乎快要崩溃。

彼时天气已经接近零度，善谏体贴地为她穿上羊毛背心和羽绒大衣，给她整理好厚厚的围巾和帽子。她幼小的身体看上去依然单薄。

街道上的绿色几乎萧条一片，整个城市仿佛笼罩在黑、白、灰的气氛当中。干瘪，肮脏，凌乱。舍芷明显心情不好，她觉得寒冷的天气快要了她的命。她突然想起什么，问善谏："哎，你还记得那里的一个咖啡馆吗？外面都是很漂亮的植物的。不是他们说等到最冷的天气，那里的花都会开吗？"

她说："我们去看看好不好？"

善谏仿佛被提醒了陈年往事，猛地哆嗦了一下。他想，再碰到楼龙怎么办？她还会再诱惑他吗？一定不能跟着她进去，一定不会。她会不会当着舍芷的面揭穿他的行径？不会那么巧吧，毕竟很久没去了。

犹疑之间，舍芷已拖着他绕进小巷子，寻找那间频伽CAFE。

她的记性还真是很好,抑或是这座城池已然太小。远远的,舍芷便发出了欢呼声:"好漂亮啊。"那间小小的咖啡馆外,果然是红红绿绿的一片,在肃杀之气中尤其显眼。舍芷说:"善谏,我上次就查过资料了。圣诞花又叫'一品红',原产墨西哥。喜欢温暖湿润和充足阳光的环境。冬季正是百花凋谢之时,一品红却以独特娇艳的色彩装饰环境。网上是这么说的哦。"

善谏"哦"了一声,怀着心事跟她进了店堂。

舍芷突然皱眉,她说:"又闻到那个古怪的味道了。"但她的心情显然很好,并不在意地又挑了临窗的老座位坐下。善谏却因为她的话紧张起来,他像地鼠一般嗅着空气中的危险系数,打量周围的环境。

经过圣诞节和新年的狂欢,这里的布置翻新了不少。墙壁上有拉花被撕掉的痕迹,玻璃上有喷雾未擦尽的痕迹,墙角零星丢着几个气球,侍者竟然还是很滑稽地戴着一顶圣诞帽。在这样有些戏谑而喜庆的环境中,并没有看见曾经熟悉的暗灰色皮衣。

善谏不禁舒了一口气。

"先生,您的土耳其咖啡。"侍者端来一只古朴褐色的瓦杯。

"嗯?我们还没有点单啊。"善谏莫名其妙地看着侍者。

"什么土耳其咖啡啊,这个杯子好像阿拉丁神灯啊。"舍芷非常感兴趣地端过咖啡,"而且好香哦。"

侍者微笑着说:"小姐说得没错,杯子的造型确实来自神灯的灵感,是我们首席咖啡师尝试的新品哦。维也纳有句谚语说:欧洲人挡得住土耳其的弓刀,却挡不住土耳其的咖啡。可见这种咖啡是多么香浓。小姐不妨试试看。"

舍芷刚好把杯子端到嘴边,善谏却接了过来:"乖乖,这种咖啡颜色这么深,一看就很苦。刺激性太强了,你不能喝的。"

善谏深吸一口气,眼前的这杯土耳其咖啡散发出强劲魔力,那种最为醇正的咖啡香气加上最为原始的制作调配,确实非常正宗。只是,在这种执著的味道中,似乎又有另一种完全不搭的甜美气息,充满诱惑和期待。

真是一种特别的香料呢。善谏又深深地吸了口气,喝了一大口咖啡。土耳其咖啡特有的纯稚苦味让他激灵了一下,回味甘长,痛快直接。味蕾仿佛经历了一场盛大而华丽的绽放。好美味啊,第一次品尝到这么对胃口的咖啡。他是很少喝咖啡的人,更少喝到这么好的咖啡。

善谏探出舌尖去舔嘴唇上胶着的一层细密的残渣。土耳其咖啡的另一种魅力便是它的朴拙。而善谏竟然嗅到了另一种味道。那是一股悠长绵延的气息,似有若无,仿佛来自生长很多年的某一种植物。对,就仿佛人类的体香,那是植物身体的味道。无所谓香臭,只是沉郁浓重,挥之不散。

他终于知道,那些厚重复杂的味道来自蓝山,来自曼特宁,来自哥伦比亚,来自巴西,来自各种产地和烘焙程度的咖啡豆的混合气息。

他感觉到恐惧,因为他似乎看到楼龙似乎正在某个阴暗的角落注视着他。不,她想掐死他,杀掉她,毁灭他们的孩子。不。他感到他的眼皮愈加沉重,呼吸愈加阻滞。土耳其咖啡液挟带着毒素在他身体里飞针走线,细细密密地绽放出一朵又一朵暗红色颓败花朵。

善谏听见舍芷在叫他,充满关切的,带着哭腔的。他想,舍芷还是极爱自己的。她现在也是安全的。善谏在心里说：舍芷，你要成为一个坚强的女人，因为你要保护我们的孩子。他似乎明白了一切，然后甘心地闭上眼睛。

错，自己承担就好。

毒药。最后一杯咖啡。

男人死于中毒。

毒源便是频伽CAFE外浓艳的一棵棵招摇的圣诞红。

他死去的时候呼吸困难，心脏在毒液的攻击下停止跳动，而大脑依然清醒了一会儿。短暂的清醒让他的死亡更加可怖。他双目突出，舌苔黑黑地挂在外面，双手因为痛苦死命地抠住喉咙。他的身体布满可怕的红色瘢痕，一片一片的，直至火化的时候依然没有散去。

他身边的女子只是哭，却说不出任何可疑的痕迹。警察们很佩服她哭泣的功力，仿佛已经为她夫君的离去操练过很多遍，从那个乱梦的夜晚开始。

很快，警察从频伽CAFE的制作间里找到了用来提炼圣诞红毒素的一堆器具。频伽CAFE的首席咖啡师楼龙培植的圣诞红品种叫做"彼得之星"。这种花卉在美丽外表下却藏毒，而且全株都有毒。乳汁会引起皮肤红肿、过敏、发炎，对眼睛会有伤害；若吃它的茎叶、花朵，会喉头痛，甚至腹泻、呕吐。从它身上提炼出来的毒液药性之强，足以毒死数十斤重的巨型动物和人类。

警察并没有找到楼龙。她在事发后迅速离开了现场，仿佛早有准备。在制作间里，警察还发现了据说是楼龙常穿的暗灰色皮质外套以及一本咖啡制作手记。手记里记载着各种花式咖啡的制作技巧和数十种楼龙独创的咖啡制作方法。皮质外套的外口袋里竟然有一张叠得工整的纸条：

"善谏，我在给舍芷的土耳其咖啡里下了一些毒，那会帮助你神不知鬼不觉地杀死她。这样你可以分得一部分钱后来找我。地址是……爱你的，楼龙。"

也许因为忙乱，她竟然忘记将纸条交给善谏便匆匆离开。否则，她也许有可能阻止善谏，那个很少喝咖啡的男人竟然将给他妻子的咖啡一饮而尽。

然而警察并不以为意，因为按照便条上遗留的地址并未找到楼龙。于是民间更多地把这个恶性杀人事件当作一场怪谈，渐渐演绎成一个恶夫轼妻却遭天谴的故事。

没多久，在这个城市的另一端，一家名叫"善见城"的咖啡厅低调开张。点击率最高的那款咖啡叫做"毒药"。据说鲜美异常，让人欲罢不能。每次点单前，侍者都会仔细提醒客人："'毒药'虽然很好喝，但偶尔也会出现一些不良反应，比如腹泻、呕吐……"

大部分客人会不耐烦地打断侍者说"知道了，没关系"。是啊，面对鼓吹得神乎其神的诱惑，有几个人能摆摆手笑着说：

"算了，不要了。"

SEPTEMBER 九月　时光倒流

星星对天体变心,于是陨落。
我对爱情绝望,于是自由。

远远地看见那一片扑朔迷离的灯火，于是所有的层叠记忆被风吹散在午后的阳光下。白纸黑字，铺天盖地。舟南听见自己说："一杯印第安之夏。"

时光倒流是一间小小的咖啡馆，就在舟南他们学校的对面，中间隔着乌黑油亮的护城河。

其实，坐在时光倒流绵软的沙发上，并不能让你忘记今夕何夕。和这个城市中各种名目的咖啡馆一样，里面有的，无非是昏黄暧昧的灯火，几幅风格迥异的复制名画，白瓷花瓶里缀着人造露水的布花，还有空气中弥漫着的隐约的音乐——大概总是颓靡的萨克斯。

但这样一个店名实在是引人遐想的。如果时光倒流，你还会不会沿着最初的轨迹，重复生命的轮回？其实所有人都知道，时光无法倒流，决定无法被推翻，悔恨无法得到救赎。但正因为无法回望，心中便留了徜徉与遗憾，便更加喜欢回味与臆想：如果当初赶上了那班船，又会怎样？

再加上对面的中学里总有一群偏爱浪漫气息的孩子们，因此，店里的生意虽不算旺，但也能赚到不少。尤其到了中午和傍晚，店里不多的小沙发上坐满了嫩生生的孩子们。调侃，打牌，也有一对对表情严肃、痛苦或者甜蜜的，一脸无畏地商议关于爱情的选择题或者是非题。明昧的灯光映射在他们的脸上，倒显出几分沧桑，莫名地生出一些大义凛然的味道。

每个礼拜六，舟南和冷冷都会在最靠墙的那张沙发上坐上一整个下午。冷冷看她的杂志，舟南有时候看物理书，有时候在冷冷的"沙沙"翻书声中安然入睡。冷冷很喜欢那种叫做"印第安之夏"的果茶。于是舟南便戒了早餐，然后用六天饿肚子的钱为冷冷换来一玻璃杯的玫红色液体。舟南小口地尝过，酸酸甜甜的，好像柠檬茶一样的味道。冷冷说，这是初恋的味道。然后，她望着舟南甜甜地笑，脸上有新鲜的红晕。舟南也笑，可是嘴唇因为干燥而裂开，生疼生疼的。于是他低头喝一口一次性纸杯里的纯水，有细微的血丝在水中漾开，最后纯水终于沾染了血液的咸腥，可舟南依旧觉得甘甜清冽。大约五点钟的时候，舟南送冷冷回家。在她家楼下，冷冷有时候会在舟南的嘴唇上轻轻点一下，然后娇羞万分地逃奔上楼。舟南舔舔嘴唇，酸酸甜甜的。冷冷说，这是初恋的味道，他是相信的。天黑下来了，舟南便往学校的方向走去，他要去办公室补习功课。他是物理课代表，老师、妈妈对于他的明天总是抱有太大的希望。而对于冷冷，他也真心想给她一个安稳地将来。舟南的步子走得很急，他希望能够赶上一切，如果可能的话，甚至包括时间。只是在经过时光倒流的时候，舟南会慢下来，然后幸福地向最幽暗的角落里张望，欣喜地期盼下一个周末的来临。

舟南是个单纯的男孩子，他不懂得居安思危，不懂得小心翼翼。他天真地以为，拉住了手，圈住了人，便不会再有什么离开，便拥有了亘古永恒。而爱情的剥茧抽丝，其实只需要欠一欠身，对于不再在乎的人，那是太轻而易举的事了。

于是，在某一个冬季周末的下午，冷冷突然说："对不起，我们分手。"肯定的陈述语气，没有一丝商量的余地。冷冷没有给舟南任何理由，舟南也没有来得及问。他只是刚把头从物理课本中抬起来，便看见冷冷轻快仓促的身影在店门口闪过，然后消失。门口的风铃奏出清脆的音符。

好一会儿，舟南低下头，看着眼前这杯波澜不兴的玫红色液体。他还没有理解到底发生了什么。只是，他原来打算要一直省钱为她买这种果茶，直到第一百杯，直到她喝酸了牙，发腻了为止。而这一杯印第安之夏才刚刚是第三十四杯啊，也是最后一杯。舟南的胃隐隐作痛起来，这是他长期不吃早餐的后果。他端起茶一饮而尽，浓重的酸甜刺激过后，竟然是苦涩的滋味。这毕竟是茶，纵然加入了再缤纷的配料，也掩饰不了沉淀后的原味。其实冷冷终究没有尝出来，这才是初恋真正的味道。

去附近的商场买了一支曼秀雷敦的什果冰，舟南把酸甜的橘子味道一层又一层地涂抹在他干裂的嘴唇上。可是他又忍不住将它们舔得一干二净。

这种化学合成的香味对人体有害，他却甘之若饴。只因为，这是她留下的纪念。

他流泪了，追悼无疾而终的年少爱情。抬起头，他以为这样，眼泪就不会再往下掉。在泪光的折射中，他却看见十二月的天空干

KISS LOVE, BUT YOU KILL LOVE

净清明,仿佛是最初相遇时也正是这样的蓝蓝的天。

舟南浅浅地喝了一口玫红色的液体,依旧温润酸甜。此刻的舟南已经分辨出里面的蜂蜜、柠檬还有红茶。几样不起眼的材料混合起来,居然有了神奇刻骨的味道。外面是冬季灿烂的午后,窗玻璃上有很厚的灰尘,暗淡的色彩中,他看见曾经的懵懂少年在天边若隐若现。

初中时候的舟南留栗色的长发,把他还算清澈灵动的大眼睛遮得严严实实。只是头在动的时候,慵懒的眼神才从发丝的缝隙中折射出一些生气。夏天他穿五彩斑斓的T恤,穿奇肥无比的军绿色袋袋裤。有时候他也穿橘色衬衣,六粒纽扣他只扣上中间的两粒,风吹起来的时候,露出他发育得初见规模的胸肌和腹肌。他所引领的这些时尚,到了许多年后的世纪末才被哈韩哈日的孩子们疯狂迷恋和模仿,而他已经留精神的板寸,穿黑色的休闲西服了。

那个时候,舟南在几乎所有的课上睡觉。下课他就跑到厕所里抽烟,抽得满身混杂着臭味与烟味。上课铃响的时候,他窜进教室,带过的一阵风让所有的女生捂住鼻子。有时候他在午后温暖的阳光下打GameBoy,然后眯着眼睛靠着墙睡去。下午他不上自习课,一个人抱着自己的斯伯丁去篮球场。篮球场自然有很多人,但奇怪的是他总能得到一小片空地,一个人对着篮筐勾手、远投、跳投、上篮或者灌篮。边上一大群人争斗着,拥挤不堪,这边却冷冷清清。一幅奇怪而不协调的画面。

好多年过去以后,舟南觉得,这是一段惨不忍睹的时光。其实自己的特立独行又能代表什么?但他不后悔。如果从来一次,他依旧会是个做作而招摇的孩子。因为在那个时候，这些花枝招展是他掩饰自己对成长的疑问的最好方法。

舟南是有一点小聪明的，他的成绩在班里总是排前五名。特别是物理，物理老师说那是近乎完美的答卷。文科项目稍微差一点。因此，如果只算理科的话，那他就会是年级的第一名了。老师们对这种现象感到十分奇怪，认定了舟南虚伪并且在家里极其用功。平日里几乎空白的作业本和上课时总是伏着的身影让老师们感到这个人深不可测。最让班主任感到麻烦的是，每次在班会时提到"一分耕耘一分收获"这个她认为是亘古不变的定理时，全班学生都会回头看坐在角落里心不在焉的舟南。班主任拍拍讲台，大声说："你们不要被一些人的假像蒙蔽了。他们在学校和你们一起玩儿，回到家玩儿命地学啊！"全班同学若有所悟地点头，又学会了一招"烟雾弹战略"。舟南慢悠悠地呼气，朝天花板翻了一个白眼。物理特别好，只是他认为物理老师漂亮并且温柔。他无法忘记，在她的课上，每当他们眼神相遇，她的嘴角总是漾起一阵笑意。别的老师不喜欢他这个惹了很多麻烦的学生，但他认为她还是喜欢他的，纵然只是因为他是她最得意的弟子。于是他便越来越喜欢物理，到最后便真的沉到物理中去，一发不可收了。舟南是个单纯的男孩子，他总是只相信自己的感觉。

舟南的惹眼外型和我行我素，得到了全体女生的仰慕以及崇拜，得到了全体男生的憎恶和嫉妒，也让所有的老师头痛但又无可奈何。

大量女生给舟南写情书或者试图接近舟南，舟南总是把信原封不动地退回或者当面叫她们别再找他。女生们伤心欲绝但却乐此不疲,似乎对舟南的追逐也演变成了一种时尚。有被拒绝的女生在日记里这样写道:那个时候他抬头望着天,然后我听到了最残忍但却最让我心动的拒绝。

而男生们忍受了舟南一次又一次的目中无人后,终于火山爆发,在舟南回家时把他堵在一个小巷子里,七八个人围着他一阵拳打脚踢。舟南只是用双臂护住头,蜷缩在地上,一声不吭,一动不动。几个男孩子打着打着也就都害怕了,渐渐停了下来。舟南慢慢站起来,嘴角鼻孔都有血流出来。他冷冷地扫视那些男生,从发丝里透出的那种不太明朗的眼神让所有人噤若寒蝉、气焰全无。

大家对待舟南的态度永远是两个极端,或者当偶像拼命追捧,或者当异类彻底排斥。总之绝对不会有人和他走得很近或者跟风模仿。虽然舟南的成绩相当不错,但班主任常常把他叫到办公室大发雷霆。一是恼火他的服装发型目中无人,二是恼火自己怎么也套不出舟南的学习秘籍,没法当众拆穿他的真面目。班主任到最后不顾形象气急败坏地喊道:"你娘老子不管你啦!"舟南便突然抬头,眼里又是那种迷离灰色的眼神。班主任怎么看得透他的重重迷雾,推敲得出内里的含义?于是叹口气,挥挥手。舟南便晃晃悠悠地出去了,继续做他的另类风云人物。班主任以后找不到舟南其他什么茬,也就渐渐懒得搭理他。其实班主任不知道,这样奇怪的孩子,背后多半是有故事的。那些过往岁月的烙印,会给他的成长,给他的一生带来不可估量的影响。后来,班主任在看《麦田里的守望者》和《我爱阳光》这两本书的时候便突然想起了舟南,那个曾经被她忽略掉的孩子,那个比霍尔顿和秦荑都反叛得强烈和彻底的孩子。那头刺眼的栗色头发和那些奇装异服在他的眼前又跳跃起来。

然后，她听见自己的一声叹息。

在舟南已经逐渐淡化的记忆中，他的幼年和童年时代，便只有青石板桥上的独轮车，矮小简陋的校舍和黄沙漫天的操场，一个总是低垂着眼睑的沉默老人以及透过窗口看上去永远灰蒙蒙的天空。舟南漂亮的大眼睛便是在日复一日的凭窗张望中渐渐沾染上那些暗淡迷离的色彩的。

舟南从记事起便住在了这个叫做"五里"的小镇上。小镇很小，说五里其实都有点儿夸张。每天早晨，舟南从镇的东面走到西面的学校，只需要十五分钟。

舟南是一刻不停地走的。他从不像别的孩子那样走着走着就拐到路边的杂货店里，用贪婪的眼神盯着透明罐子里的糖，五分钱一块。孩子们有时候也会买，"吧嗒吧嗒"嚼着晃着。舟南不买、不吃，也不看。他就是匆匆忙忙地走过去，仿佛有什么急事不容他错失一分钟。

路的右边有时候会有成片的菜田。在温度和湿度都好的日子里，田里会长满绿色的好看的叶子。舟南认得很多，他一路走过去，便在心里默默认着，这一片是青菜，这一片是包菜，再一片是……数到最后一块田，是一片低矮的小树。在秋天的时候，上面结满了一些棕色的、覆盖了嫩刺的小球，那是栗子。他看看这些很像小猴子的脸的果实，便跨进了学校的大门。

这是五里镇小学，六间小平房，一根纤细的旗杆，一块凹凸不平的黄土操场。围着学校的那道墙已经坍塌了一大块，那些青色的砖石凌乱地躺在地上，长满了湿滑的苔藓。仿佛生了根，有几百年都没有人动过他们。

舟南坐在低矮的平房里上课。乡村老师用极其夸张的方言大声授课。在小镇住了多年的舟南竟听不懂这些话：他不与任何人交谈，也不对任何人的语言留意。其实这样也好，那些恶毒的流言从左邻右舍的嘴里飘了出来，便消散在风里，没有让舟南感到一丝的寒冷。黑板也总是泛着幽幽的一层青光，坐在后头的舟南看不清楚。他愣了一会儿，便趴在桌上睡着了。

下课的时候，乡下的脏孩子们在操场上撒欢儿跑着。舟南一个人坐在教室的门槛上，看漫天的被小蹄子们扬起的黄尘。天空在飞舞轻尘的掩映下又呈现出那种灰蒙蒙的色彩，和从窗玻璃中看到的天空一模一样。乡村老师一边洗手一边摇头说："这孩子，八成又是在想他妈了。"

那个低垂着眼睑的沉默老人是舟南的奶奶。她是个不喜欢说话的老人，舟南最常听到的话便是："南南，吃饭了。""南南，洗洗睡吧。"奶奶有一口好听的普通话，温温柔柔的。

舟南想奶奶一定是极其爱他的，只是从来都不说罢了。就好像他也爱奶奶，也从不说。

奶奶没有什么钱。她所拥有的只有那间小屋，几亩田地，还有便是舟南。每天奶奶只能给舟南变着法子把各种蔬菜炒得亮晶晶的，再配上粥或者有点糙的米饭，舟南很喜欢，因为他差不多已经忘记了荤腥的味道，便固执地把它们当作天下最丰盛的美食。舟南也很少见到五分钱的硬币，就更不知道它们可以在上学路上的杂货店里换到一块甘甜的糖。舟南长大后才知道，小时候奶奶骗了他好多好多，比如说别的孩子有病要离得远远的，比如说猪肉不能吃，再比如说他的爸爸妈妈已经死了……舟南不怪奶奶，他知道奶奶已经尽了一个老人的全力去保护他,把他罩在一个透明罩子里,与羞辱和伤害隔离。纵然这些谎言也让他变得孤僻、早熟并且冷漠。那个时候舟南已经记不起奶奶的脸孔了。他抬头,灰蒙蒙的天空依稀是童年的样子。

舟南关于小镇的记忆终止于十岁那年的夏天。然后他就跟着那个自称是他妈妈的女人来到了现在所居住的这个城市,很快适应并且游刃有余,仿佛他的性格天生适合这个冰凉的玻璃之城。

他没有再回过小镇,没有再见过那个快要风干的老人。记忆中的五里镇,他忘记了是在这个城市的东部、南部、西部还是北部。或者,或者那些旧日的小镇生活只是一段不完整的梦魇,残留在生命的最初。

那个七月的下午,舟南坐在院子的角落里恹恹欲睡。院门突然开了,进来的是一个面熟的女人。

舟南记得她,她每隔一段时间便会来一次,执意要带舟南走。每次奶奶把舟南紧紧地护在身后,大声哭泣着:"我已经没有儿子了,你带他走,就是要了我的命啊。"舟南从没见过温柔的奶奶会如此地歇斯底里,吓得紧紧抱住她的腰。女人怔了一会儿,然后也哭,一声又一声央求着。两个女人在院子里哭得天昏地暗。可到了最后,女人总是拗不过倔强的奶奶,失望地空手而归。院门关上的那一刹那,舟南听见了她的心碎。

这一次,奶奶却始终有气无力地躺在堂屋的竹床上,一动不动。女人进去和她小声说了一些什么,便出来牵着舟南的手带他走了。

舟南很奇怪为什么奶奶不要他了。他不知道,奶奶已经用完了儿子留给她的所有的钱。奶奶已经养不活这个孩子了。其实奶奶等这一天已经等了很久了。舟南临出院子的时候，回头看见奶奶微笑着向他挥手，浑浊的眼中有泪光闪动。舟南突然觉得，此刻的奶奶一定很幸福，很满足。

一个月后，奶奶无声无息地病逝。一年后，有关五里镇的往事在城市的车水马龙中灰飞烟灭。

这个城市的一切都与曾经生活过的小镇不同，它没有青石板桥，看不见长得完满的田地，学校的操场也是一块红得讨喜的塑胶地，只有那片灰得更为彻底的天空让他感到贴心的熟悉。

舟南在小镇上是读完了三年级的。在城市的小学作插班生，校长给他做了几道题目就不由分说地把他塞进了五（1）班。于是舟南的童年岁月就莫名其妙地丢失掉了整整一年。

舟南是个挂钥匙的小孩。每天傍晚他打开家里那道沉重的防盗门，独自面对漆黑空洞的屋子。舟南不开灯温习功课，也不开煤气煮晚饭。他丢下书包，就一个人在黑暗中静静地蜷缩在客厅的那张大的牛皮沙发上，一动不动。夏天，他躺得汗如雨下。冬天，他躺得手脚冰凉。他懒得开灯，开了灯他只能看到桌上的一张纸币，看到满屋子华丽的叹息。看得他满心冰凉。

在舟南的印象中，妈妈是个能干漂亮因而忙碌的女人。每天只能在睡眼惺忪的早晨看见她坐在桌前梳理她极其细密的长发。然后妈妈走到床前，对舟南微笑。这一刻，舟南也会露出难得的笑脸。在温柔光芒的抚慰下，舟南的心也是软软的。而晚上妈妈回来的时候，总是发现舟南在沙发上睡得沉沉的，怎么也叫不醒。妈妈一边叹息，一边拿毛巾擦掉舟南脸上密布的汗珠或者给他盖上棉被。有时候，她在黑暗中悄声哭泣。

　　舟南也知道妈妈对他的感情。而且，妈妈的爱比奶奶的来得更为实际、优越。因此妈妈才会不舍昼夜地一心扑在公司上，好像不要命似地抢钱。然后妈妈把挣来的钱毫不心疼地塞给舟南，给他买玩具、衣服，还有很多舟南没有见过的东西。舟南可以说是一夜之间了解到钱的作用，也就明白了为什么小镇上的孩子总能用一块小小的金属换到咂吧得山响的糖。只是妈妈好像在试图用一堆花花绿绿的纸币去收买舟南所有灰涩的童年和不快的往事。但舟南清楚，这里的生活对于他来说，并没有多大的欣喜和变化。他依旧用倔强和沉默来表达他对生活的不满，眼神阴郁而落寞。在他看来，奶奶或者妈妈能给他的，都只是极其微弱的一点火苗。而他，在背阴的地方已经呆得太久了，手心里早已满是濡滑的冷汗。

　　他没有爸爸。他也从没追问过奶奶或者妈妈，他的爸爸到哪里去了。在小镇上的时候，奶奶总是说他的爸爸是个混账，丢下老的老小的小一个人跑到花花世界胡混去了。但有时候她又会说，"其实他好孝顺的啊，有钱总是寄回来。"她拎拎舟南的衣服领子，温柔极了："这布还是用他大前年寄来的钱扯的哪。"而妈妈，几乎从来没有提过爸爸，仿佛那个人从来都没有存在过。舟南不问。我说过，他从小就是个沉默的孩子。他对这个世界有太多的问号，索性也就一声不出，全埋在心中了。

　　城市里虽然没有小镇那样新鲜的空气和空闲的时光，但它的物质条件却是无与伦比的。从十岁那年的秋天开始，舟南就好像开花的芝麻那样节节疯长。转眼间，舟南便人高马大，高过妈妈一个头了。他看上去健壮而稳重，没有人看得到他身上冰冷的童年和残废的情绪。没有人看得出他是个没有父亲的男孩。

上初中的前一天,妈妈在舟南面前哭了。她断断续续地把关于她丈夫,关于他父亲的那些残破往事在舟南面前拼凑起来。舟南没有任何痛苦的表情,只是怜悯地看着母亲无力地哭泣。然后把她的头拢到自己肩上,轻轻拍着她的背,转过头看单调的灰色天空。

法律规定一个人失踪多久就算是意外死亡?三年,还是五年?

"就当你爸爸死了吧。"妈妈靠在舟南的肩上,下了结论。

舟南说:"好。"其实舟南从来就没承认过他在这个世界的存在。

母亲对那个不负责任的男人的唯一怨言是:既然他曾经对她好,为什么就不能永永远远地守在她身边?那些承诺呢?那些誓言呢?

于是从那一天开始,舟南便记住了这句话:不爱一个女人,就别对她好。对一个女人好,就要能给她一生一世。

这句话,深植在舟南最初萌动的青春年少中。纵然是反叛冲动的初中时代,纵然是安稳平静的高中三年,再到后来的大学,直到现在,舟南都没有忘记过。他没有给自己轻易动心的机会。他不想随便接受一些什么然后后悔,他不想让另一个人绝望地等待。他知道轻许诺言的代价,是要用一生一世的时光来偿还。

他是天蝎座的男人。星相书上这样描述他的性格:苛求完美,拒绝妥协与后悔。

舟南手中握着的茶已经冰凉了。冰冷的印地安之夏冰住了他整个冬季的刻骨回忆。Indian Summer 是"小阳春"的意思。在冬季里对于温暖的怀想,在孤独时对于接触的向往。有希望和寄托的日子总是叫人爱不释手的,不是吗?

在遇到马冷冷之前,舟南安稳地做他高中二年级的学生,在这个城市为数不多的一所省重点学校里。

母亲长久以来近似于讨好的关心和初中三年的摇摆岁月让他的眼里渐渐有了一些灵动的生气,城市里缤纷的生活也让他慢慢淡忘了曾经的岁月。

那个时候的他,已经过了冲动的青春叛逆期,把栗色的脏脏的头发剪成了板寸,也只爱穿黑色的运动服和牛仔裤了。舟南依旧沉默而孤僻。但班里已经不会再有人害怕或者厌恶他了。舟南的眼里没有仇恨和不屑,只是清清淡淡投射出一些慵懒而温柔的光泽。这样的舟南,大家都觉得他是内向的温柔少年。

舟南懒惰依旧,他还是对物理痴迷狂热,对其他一切漠不关心。学校是省重点,再不是耍耍小聪明就能应付过去的了。于是,第一次月考,舟南得到了一个十分奇怪的分数:物理九十二,年级第一;英语二十九,倒数第一。

舟南背着黑色的书包,一个人在街上溜达。其实他是根本不在乎什么外语的。但是他不知道看惯了高分的妈妈会用一种怎样绝望的眼神看着他。她是不会说什么的,但她那样看他的眼神会叫他想起他的父亲——他不要成为那样的叫人失望的男人,绝不。

没有目的,舟南便逛到了初中时常来的溜冰馆。好久没来了,舟南掏钱,买票,换鞋。

溜冰场其实是室内篮球馆。没有篮球比赛时,这里便成了一些无所事事的孩子们的天堂。和以前的样子几乎一样,还是肮脏陈旧的地板，空中依旧吊着几只强烈的白灯，把每个人的脸都照得白煞煞的。主席台上有个DJ在花言巧语，各种喧闹的音乐闹得人心欢跃。场中间有飞翔一般的孩子勇敢地做着各种姿势，那些是他以前最爱的动作，能让他体会到不计后果无所畏惧的御风飞行的快感。舟南动动脚，可是却忘记了该用怎样的一个姿势开始。

突然之间，不可捉摸的暗示袭来。舟南深吸一口气，拉拉褶皱的衣脚，莫名地迎接命运的光临。

果然，一个女孩子尖叫着冲将过来。舟南张开双臂，稳稳当当地接住她，好像小男孩宝贝他的玩具那样抱住她。

女孩回头，惊魂未定地连呼几口气。然后笑了，说："我叫马冷冷。"

舟南却想起了书包里的英语试卷。他在心里说我他妈的再学不好英语我就不是男人。

于是舟南铁了心去爱这个从天而降的女子。他仿佛春天的冰雪那般无法按捺地消融自己，幻化成水汽，弥漫在心爱女子的周围。呼吸、声音或者每一个细微的举动，都有他的存在和参与。他以为自己成为了她的氧气。

爱情的确是能让人脱胎换骨，或者是舟南自己太迷信。舟南一改颓靡的习惯、消极的态度，空前地去顺应妈妈，顺应学校和老师，顺应以前他一直懒得搭理的一切一切。舟南认真地去学物理，还有总让他头疼的英语单词。他希望自己会是个有出息的男人，以后能够尽可能地多给冷冷一些。

舟南是变了，变得积极、认真、有条不紊地去处理周围的每一件事。这全是冷冷带来的。几年的城市生活褪尽了舟南眼中的沉重，而冷冷又赋予了一层欢快的色彩。那是沉醉于爱情、憧憬着未来的坚定的男人的眼神。

可是，可笑的是，在他踌躇满志的时候，在他美梦甜蜜的时候，那个叫做冷冷的女人会突然抽身。好像当初飞身而来般突然、坚决，容不得一丝考虑或者商榷。就像透明晶莹的肥皂泡泡，本来在阳光下七彩绚烂、悠然自得。一秒钟之后，却"啪嗒啪嗒"毫无预警地消散得一干二净。

拿着麦管的小孩子莫名其妙地看着空洞的天空。

他还来不及哭泣。

一小杯印第安之夏，在舟南的浅酌中已经只剩下几滴残液了。

时光倒流，再一次坐在这里，舟南已经成了母校的一名物理教师。他很喜欢这样安静平淡的生活。原来纷杂过后，自己所期待的，竟也是这般返朴归真。

这里的音乐，为了迎合大众的流行时尚，已经从萨克斯换成了《花样年华》里Galasso的大提琴独奏。轻轻的、动感的Solo中，舟南想起梁朝伟在这部时髦的片子里说的："那个时代已经过去，属于那个时代的东西也就都不存在了。"

于是，年少、爱情、仇恨、等待……终于过去，灰飞烟灭。

舟南偏过头，冬季的天空中有鸽群飞过。它们在遥远的天边划过一段完美的弧线，然后飞回了原点，一圈又一圈。它们始终坚守最初的信念，重叠永远的轨迹。

二〇〇一年十一月十九日，舟南裹着棉被在学校的操场上看到了世纪初的第一场流星雨。漫天流散的星星点点瞬间消失时，舟南突然原谅了改变了的父亲、改变了的冷冷和改变了的自己。因为，连看起来那么亘古永恒的星星都会陨落、消失，那么又怎能要求本来就浮动的人、事永不背叛自己的轨道？千变万化，应接不暇，本是上帝对性情专一的人开的小小玩笑。

　　留不住，算不出。

　　星星对天体变心，于是陨落。我对爱情绝望，于是自由。

| OCTOBER | 十月　我在听这种音乐的时候，最爱你

南方湿冷的冬天，音乐会让你的思念通体透明。

【A面　那一个不会舍我而去的人】

一月九日的清晨七点,熟睡中的小杭被楼下小贩的叫卖声吵醒。老公已经在厨房为她煎荷包蛋,浓郁的香气穿越冗长的客厅,弥漫在幸福的婚房中。小杭便在这样明媚轻快的早晨起身,洗漱,用餐,化妆,出门。她把一堆零乱留给丈夫,然后赶七点三十五分到达弄堂口的班车去上班。

班车上依旧气味混杂,人声喧哗。一些习惯早睡的同事早已兴致勃勃地开始拉家常。可小杭很难抖擞精神,多少年她习惯自由散漫的夜生活,纵然结婚三个多月还是很难改变习惯。谁说七天就可以养成一个新习惯? 小杭觉得早睡早起比重新爱上一个人还要困难。她戴上IPOD扭头看车窗外上海冬季的早晨。

听见旁边人的手机不停地响,小杭想起自己还未开机。打开手机,显示是二〇〇七年一月九日,很平常的日子。很突然地想起来,今天是子平的生日。没有丝毫犹疑,小杭发了短信:"生日快乐! 你还好吗?"很漫长的一刻,他终于回复:"谢谢! 我很好,你多多休息。"

每年的生日,小杭都会给子平发一条祝福短信。仿佛这条短信是发往一条未知迷蒙的通道,小杭不知道会不会收到回音。每一次,她都能收到一句淡淡的感谢,然后就什么都没有了。纵然是这样一种客气礼貌的氛围，小杭也能感觉放心。直到来年的同样一天，面临同样的忐忑。从他们分手开始，从子平生病开始。四年了，她不知道还会有多少年。

子平是她爱过的第一个男人。他不高，也不好看，很黑很瘦，没人说他有什么好的。可小杭喜欢他，喜欢他的沉默。喜欢他总是在人群中，在角落里捕捉着自己的身影，透亮清澈地看着她，不说一句话。那时他们是一群青涩的少年，思想单纯热烈，言语欢快响亮。而只有子平是不一样的，非常不一样。他比谁都显得深沉，他习惯用大人的方式想问题。他对人也很义气而且周全，叽喳时他也会时而蹦出一句让人笑得前仰后合的话。也许是性格的原因，他显得早熟，但并不独树一帜。他不缺朋友，但他总是很孤独。不需要言语的交流，小杭觉得自己就能懂。因为双眸偶尔的相遇，小杭总能瞧见他眼中美丽的宇宙。

小杭想，也许他就是这个世界上的另一个自己吧。早慧而羞涩，并不十分优秀但是通达透练。于是，当子平交给她求爱的小纸条时，她欣然接受。甚至她还怪嗔地碎碎地念："憋到现在才来向我表白啊，你就不怕我被别人抢走吗？"子平笃定地微笑："不着急啊，这辈子的时间还有很长很长。"

当他们真正开始相爱的时候，离学生时代的朦胧躲闪已经很久。小杭已经成熟绰约，子平也是一副男人样子。没有多大改变，沉默依然，睿智狡黠仍在。但他开始懂得关心女人，极细微，细心体贴，也不失浪漫。

第一个情人节，像任何一个沉堕爱河的男人一样，子平把一束玫瑰花送到了小杭的公司。然后斜斜地歪在自行车上，单脚撑着地等她下班。小杭还没看见他，先看见自行车的篮架上那盒甜美的费列罗。寒风深夜，他用大衣把她裹成个粽子，在阳台上为她放起了烟花，绚烂而又美好。小杭看着他，好像从来没有认识过他。他让她惊讶，他原来还可以是另一种样子。也许爱情中的男人惯用的把戏总是那几样，可是爱情中的女人想要的，也无非就是海市蜃楼的美丽景致。

小杭喜欢这种小小的惊喜，这种波澜不惊的幸福。小杭想，如果他可以一直这样认定自己，在意自己，带泳池的大别墅啊，拉风的汽车啊，华丽的衣服啊，能有就有，没有就算啦。她兴冲冲地打电话给妈妈："我找到好男人啦，只是可能不是很有钱，要让你失望啦。"然后在电话里咯咯地笑。

子平却没有任何征兆地要和她分手。他直接而冷淡地说："我们分手吧。"小杭以为这个男人学会了开玩笑，笑嘻嘻地说："哦？你是想结束这段关系开始另一段关系吗？这样求婚有点逊哦。"子平很认真地说："对不起。"小杭失声痛哭，不明白幸福为什么刚刚开始就宣告死亡。是自己太任性，还是他变心了？他晃动她的身体："答应我，分手。"小杭被迫点头，很有骨气地点头。看着他骑自行车狂奔离去，身型竟然是踉跄的。她知道，他的心底也是有不舍的。那一夜，她一个人在几乎快冻结的长乐路上，哭得脸颊冰冰凉的。凌晨四点的时候，小杭睡意朦胧地接到电话：子平自杀了。

他吞了整瓶的安定，依然被救了回来。看着床上形容苍白双目紧闭的他，小杭哭不出来，她竟然觉得自己的身体因为害怕而发抖，不知道将会面临何种命运。在子平昏迷的时候，他的妈妈把她拖到旁边，拉着她的手对她说："虽然你们才谈不久，但我知道你是个很好的姑娘呢。其实我们家子平要是能有你这个媳妇，是他的福气啊。但是现在……该怎么说呢，小杭啊，要是有空，就多来看看他吧。"于是，小杭知道，子平患上了淋巴癌，刚刚确诊几天。子平不想她仍有情意，因此坚定地选择分手。子平不想拖累家人，于是选择自杀。

断续地从他妈妈口中了解到这些消息，小杭脑中竟然瞬间空白。她不知道自己应该怎么做。承担，抑或抽身？她从不了解蜜罐之外的生活会有多么辛苦。两难的选择，任何一个都是残忍。子平妈妈说："好姑娘，子平跟我说你们已经分手了。快回去休息吧，这里有我照顾呢。"在她的推推搡搡之下，小杭离开了病房。回头看子平，依然静默从容的神气，仿佛一开始的平淡少年。

小杭再去看他时，已是一周之后了。她害怕他幽幽转醒的时候，看见守在床边的她。他一定会无法遏止地紧紧抓住她的手。同样的，她也会紧紧抓住他苍白虚弱的手，从此不愿放开。一周的时间，足够她在七个不眠的夜晚一次次挣扎地哭醒，足够他一次次从梦魇中醒来，看见空荡荡的病房中并没有她。七天的时间，足以养成一种新的习惯，那是她没有他，他也从此不再有她的生活。再见面时，他们都已安静地从心底认定：他是她的前男友；她是他的前女友。这是他所希望给她的，与自己毫无关联的未来。

坐在病床前，小杭小心翼翼，客气又生疏。而子平也什么都不愿意说，只是微笑着说他很好，说没有他们说的这么严重。小杭叫他看着自己的眼睛不要说谎，他盯着她的眼睛还是说他很好，让她安静的生活。于是，真的是无话可说了。两个人决意生命从此不再交集，其实也不算很难的事。

小杭走的时候，他竟然起身送她。小杭吃力地拿着两个大包，他陪她走着。快分开时，他调侃着："哎呀，我不能替你拿包了。我拿不动了，以后你要靠自己了。"小杭笑着告诉他："我很行的。"他什么都没说就走了，直到消失在医院的走廊里，都没有回头。小杭知道从此后他不会再主动联系自己了，他一定也是心怀怨恨的，怨恨她连虚情假意都没留给他。可她不敢表现出一点的温情脉脉，一旦反悔，就是天崩地裂的眼泪。离别的时候，她把自己的手指掐得乌紫。

发病的那段日子，小杭每天都会发信息给他，而他是从来不回复的。小杭有时半夜梦见他撒手离去，抽泣得几乎喘不过气来。熬到天亮，她颤抖地发短信给他：你还在吗？他回：我还在。后来他们达成了一种默契。每次她发短信之后，只期待得到一些他仍平安的只言片语。而她的新生活，她的新恋情，他的病情，他的任何一切，都不再有任何沟通交流。

很多日子后，一次偶然的机会，在医院里的同学告诉小杭他在复查。小杭打了电话，请他允许她去看望他。子平搪塞着小杭，但她还是去了，想给他一个惊喜。但她真的很后悔当时的莽撞。化疗使他的头发全掉光了，激素的刺激使他的整个脸浮肿着。小杭已经无法认出躺在病床上的他。他看见她，匆匆地戴上帽子。她只有装作什么都不在意，看着他。许久，他很虚弱地说了一句话："我深爱着你，可我无能为力。"这句话让她无法坚持，慌乱地逃走了。

走出病房的时候，忍耐了许久的眼泪还是落了下来。她不知道究竟是自己残忍还是他太残忍。

子平还是这么病着，只要维持着不复发就是成功。四年的时间过去了，所有的疼痛已经忍成了麻木和习惯。大家都各自忙碌，各自有了家庭，有了后代的延续，但他什么都不能有了。开始的日子里还时常有朋友的看望，电话的挂念。日子久了，大家都要应付自己的生活，也就忽略了。谁又能总是惦记着他呢？他也继续封闭着自己，渐渐的谁都不愿意见了，沉溺在自己的等待希望的生活中。子平永远是孤独的，一如十几岁时那个早熟而自闭的少年。

四年后的初冬时节，小杭终于完婚，在她三十一岁的时候。在这个本不熟悉的异乡，她再次遇到了一个肯给她幸福的男人。也许没有少年惺惺相惜的默契，也许不懂要浪漫地让她感觉惊喜，但在极深极暗的夜里，她伸手可以抱得到一个温暖的身体，那是一个鲜活健康的男人的身体。这个身边的男人可以给她的踏实和安定，是此生此世的子平所无法给予她的。

其实她常常希望听见子平好转的消息，她也许会遗憾当初的自己为何不懂坚持，在危机面前胆怯退步，没有如小说或电影一般等待奇迹来临。小杭只是赌不起，她只是一个期待庭院静好，现世安稳的平凡女子。她只想要一个和她的命运线吻合重叠的男子，不会抛下她一个人在冬夜的街头哭泣，可以不用担忧天明消失，从此不离不弃。

【B面　下一站的爱情地图】

最近一段时间，藏乐疯狂地迷恋酒精的麻醉。每天下了晚上的节目，她总是买两罐西柚口味的冰结，去住所附近的夜店随便吃点东西。烧烤、鸡爪、火锅，她不是很计较吃的内容，它们只是这两罐冰结的陪伴品。这种对了伏特加的果汁真是好东西，甜甜蜜蜜地喝完两罐，站起来马上就腿软了。这种绵软而轻松的快乐能够一直陪伴藏乐度过冬季的漫长黑夜。食物的温饱和酒精的暖意能让她一夜无梦，别无所求。

藏乐来苏州生活已经大半年，却依然没有找到在上海念大学时的如鱼得水的感觉。她常常抱怨没有人会陪她不管不顾地沿着马路溜达到清晨，常常半夜想抽支爱喜却不知哪里能买到，常常思念她生命中曾经最重要的那个男人。他是她的老师，是她第一个想要嫁的人，却也是他最先放弃了他们弱不禁风的爱情。他叫纪颜，上海某电台的知名娱乐主播。

现在回想起她和纪颜的爱情往事，一切都仿佛戏剧一般夸张有趣。其实藏乐不是个乖孩子，读艺术院校的80后女生有哪一个还会是文静的乖乖牌呢？她留迷离花俏的头发，抽香烟喝洋酒，没有钱花的时候就去学校附近的酒吧唱歌捞外快。追求她的男人很多，她知道适度索取，适度拒绝。

大学三年级的时候，藏乐去电台实习，第一次见到了她的指导老师纪颜。藏乐乖乖地把头发拉直扎起，作出一副涉世未深的懵懂模样，小心地称呼他为老师。藏乐就是这样一个做派随性但懂得把握机会、表现自我的女生，和大多数80后一样。而纪颜，这个将近三十岁的男人，有着很深的眼窝和很挺的鼻子，白皙有些雀斑的皮肤并不惊艳，却总能把一条丽江带回的围巾扎得有款有型。纪颜并不像个老师的模样，总是很顽皮地拍她的马尾辫子，乐呵呵地开各种可爱幼稚的小玩笑。

藏乐在纪颜那里学会了如何现场调控气氛，学会了如何聒噪一个小时但嗓子仍不觉疲累，学会了用XTRACK软件做各种花哨时髦的片花。当然，她也学会了什么资料都不准备也能侃一档节目，学会调皮地给台里各位老师起外号，学会坚持一种梦想，不管为何都不会放弃。藏乐喜欢他苍凉的眼睛和微笑的嘴唇，欣赏他面对工作认真单纯的态度和想像明天时的畅快淋漓。面对有些经历且忧郁单身的纪颜，藏乐不是没有倾倒，但她掩饰得很好。

直到有一个晚上，在酒吧偶遇藏乐的纪颜冲到台上，一下把她拉下来，霸道地说："以后不要来这种地方鬼混。"他们单纯的师徒关系才正式宣告结束。藏乐后来想，那一夜纪颜一定是喝了不少的酒，否则，他怎么敢那么直接地把他的学生带回家，说着"单纯聊天"的可笑字眼，却把她抱上了他的床？

而她对他，真的几乎是一无所知啊。无知，于是无惧。那些关于纪颜心碎散乱的往事藏乐统统不理，义无反顾地搬进纪颜租住的一居室。她想，就算他有狠狠刺伤无法释怀的过去那又怎样？她信任她的魅力可以征服他，治愈他。她也相信他的深陷忧郁的眼睛，明澈且善良。

他们的关系很快曝光，电台过于清闲的环境是滋生流言最好的温床。于是藏乐很理智地放弃了进市台的机会。那时她的实习期已经快满了，签约指日可待。她宁愿放弃即将实现的梦想，找到了一份薪资优厚的培训师工作。纪颜对她也是很好的。每天下晚班回来给她带各种各样好吃的夜宵，陪她看完塔伦蒂诺看丁度巴拉斯，两人沉溺在肆意张扬的情爱里感觉圆满。早晨纪颜睡得朦朦胧胧地给她买生煎包，骑电瓶车送她去上班，然后再独自回家睡到中午。藏乐按照计划开始存钱，她甚至想尽快在上海市区买座小小的寓所，心安理得地开始他们甜美的二人世界。她遇见他，心安了。她想，他应该也喜欢这样的平淡生活吧。

彼时，窗外杨花纷飞，是一年里最温暖的季节。

然而，关于藏乐的纷繁过往还是不断被人指出来。总是有人会对纪颜说："你的小女朋友要看好哦。""听说她以前是酒吧驻唱一枝花哦。""曾有老板想要包养她呢，也不知她有没有干。"当纪颜怒不可遏地将这些流言转述给藏乐时，她是惊诧而害怕的。她不明白为什么一些本来极其肤浅的事件，会被用心之人渲染得如此生动怪诞。纪颜却抱着她哭了，他说无论她曾经做过什么，是否如外界流传得那么恶劣，他都不在乎，只要她留在他身边。他抽噎得几乎要发抖，缩成一团。

藏乐不明白为什么他已经相信了他们的话，却仍不驱逐她。她想起那些关于他的过去。一个相恋多年，感觉最美的女朋友，却跟另一个有钱男人走了。这些真真假假她怎会不在意？然而她从未当他的面提过。是对他的相信和尊敬，也是对这段关系最大程度的保护。她相信时间总能让伤口愈合。

藏乐抱着纪颜的头，轻轻地拍着，像哄一个吵嚷不愿睡觉的孩子。

果然，纪颜越来越敏感，限制她的生活自由，几乎禁止她和异性来往，会讽刺地试探她几句，轻浮地问她为什么那么轻易就跟他上床，甚至有次在做爱的时候叫出了别人的名字。藏乐是不愿看见一个男人在她面前心乱如麻的。她希望能有一份坦然面对、彼此安心的爱情。揶揄刺伤、躲躲闪闪不是爱情该有的样子。藏乐想，是该有段时间让彼此冷静和成长了，太狭窄的空间会把彼此的情绪都逼上绝路。她偷偷地给苏州某电台投了一份简历。

当藏乐突然说要离开上海的时候，纪颜并不十分诧异。藏乐说："你说过，梦想一定要去实现。我现在的工作并不适合我，而我的播音主持专业也不想荒废。"藏乐是很心虚的，她不敢说出离开的原因是因为不信任而太过周旋的爱情让她几乎快窒息了。然而纪颜的一句话却让她备感温暖："距离是考验，但不是难关。我会常常来看你，希望你成功。"

他就这么放她走了。这个三十岁的，却连究竟是爱自己还是爱她更多都搞不清楚的男人啊！藏乐知道，事业的成功也许指日可待，爱情的回春却无法揣度了。

好在苏州的工作很充实，一个全新的团队，一档延展性很强的节目。藏乐开始拥有大批粉丝，她的甜暖梦想正在开花结果。然而异乡的生活毕竟是单调无聊的，环境陌生，亦没有太多知心朋友。因为心底有牵挂，藏乐拒绝了无数次形式各异的约会，酒吧、CLUB她亦不常去。于是新朋友竟然会说："哎，你真是个不太爱玩儿的人呢。"藏乐只是笑笑，她宁愿把剩余下来的时间用来和他网聊、打电话，抑或只是奢侈地思念回味。

他答应来看她，却只匆忙来了一次。理由是直播节目太多，无法分身。可是电话呢，网聊的机会也越来越少。她了解他的生活，更多地竟是通过他的BLOG。他的敷衍和冷淡让她无法抑制地恐惧。

她不怕结束，她只想要了断。

于是，藏乐请了假，跑回去看他。一路上，各种美好或心寒的结局她通通想到了。终于，在那间有着洛可可风格壁纸的小屋前，按照她事先猜测的某一条走向，事情画上了句号。

纪颜冷静地说："我们性格不合适，分手吧。"藏乐说："我能收拾一下东西吗？"纪颜说："我打包寄给你吧。"转身关门，撇下她独自一人在已无处容身的上海。

三天后，回到苏州的藏乐收到了几箱子从上海托运过来的什物。她的衣服、化妆品、他们共同买的CD和书，还有她曾送他的若干礼物。藏乐看着这些属于过去的东西，只想找个大些的屋子好把它们全部装下。因为她知道，她在遥远的上海，已不再有家。城市之间遥远绵长的牵挂，已全部剪断。

冬天来临的时候，纪颜已经逐渐在她脑海中退色消逝。她在工作闲暇时，依然会做着一些他们曾经共同执迷的事情：看一场歌舞电影，满城寻找好吃的汤包，用软件做各种突发奇想的片花。所不同的是，她的身边没有纪颜的陪伴，却常常多了一两罐味道很赞的酒。她坚信，酒这种东西芬芳温暖，豁达直接。比一个男人，更适合陪伴她度过这个南方城市湿冷的冬天。

NOVEMBER 十一月 悪童

孩子气比市井气要好，依赖比若即若离更有安全感。
女人想要留在身边的，无非是个乖儿子。

这一场歌舞升平开始的时候,卫兰并未做好充分准备,甚至还有些手足无措。

本来时间很是充裕的。懒洋洋睡到下午的卫兰穿上那条从Martini扯来的黑色晚装,左照右照,腰身竟然嫌大。衣服秋季就已备好,在橱柜里放了三个月。从初冬到新年,竟然瘦了那么多。卫兰试了半天,只好在暗处别了曲别针应付一下。为了这一场奢华聚会,卫兰精心减肥和饱睡,为的就是凹凸有致,炯炯有神,竟然还是失算了。

坏心情从此刻开始。赶去之前一直钟情的VA做头发,一直帮她打理头发的小C竟然休假。卫兰心情很坏地跟那个怎么都看不顺眼的发型师交待,哪里应该做卷,哪里应该固定,哪里应该低调华丽,哪里应该风起云涌。发型师紧张得要死,竟然用烫发棒碰到了卫兰的眼角。卫兰疼得"哇"地跳了起来。

在赶去晚宴的出租车上,卫兰对着暗红色的疤痕发呆。这算是毁容啦,该怎么掩饰呢?真是欲哭无泪。卫兰真想跳下车,自暴自弃地回家睡觉。幸好堵车,卫兰有时间用眼影把它描摹成一道抽象的烫伤花纹。

到达晚宴所在的旧时洋房,已经开场二十来分钟。卫兰轻吁一口气,似乎一切不爽都被她摆平,接下来的晚宴,就算不完美,也一定要精彩。

活动脚趾,扭摆腰肢,轻掀裙摆,淡扫妆容。卫兰对每一次类似的聚会都不会懈怠。做人未必一定需要处心积虑,但认真对待,处处绽放华彩,于人于己都是享受。更何况,今晚的宴会中,难说会否有全城共赏的新贵公子出现。也许会遇见一个男子,能够担当得起她自认的伶俐可人。卫兰又在反转的茶色玻璃上欣赏了自己的容颜,眼角眉梢一点晕染的花纹,恰到好处地衬托出她的迷离风景。

她拎着郁金香型的酒杯,优雅地穿梭在酒色灯影里。风雅交谈,婉约进餐,已是她所熟稔的模式。

桀升就是在这个时候不慎撞到她的脊背的。宴会没有开场多久,这个男人已经醉酒酣然。赤霞珠连着酩悦,尊荣对了1862,所有昂贵的、奢侈的品位,在他眼里只是带着度数的数字。他拿着香槟,跌跌撞撞一下泼洒在卫兰的腰间。卫兰感觉背后一凉,刚想转身,便被一下子杵在桌角动弹不得。桀升晕头转向地喊:"对不起,对不起。"然后试图拉卫兰起身。而卫兰则勉强压抑自己的愤怒,想回头看看是哪个登徒子让她的灾难又开始延续。他一拉,她一欠身,竟然硬生生地将腰间隐匿的曲别针扭断,Martini的黑色晚装便如同褶皱的围裙一样空荡荡地游移胸前。

卫兰暗骂一声。灾难的到来可不可以先有些预兆呢?一趟原本精致的表演已经完全没有发挥的余地。她根本无暇顾及那个惹祸精,当务之急是如何摆脱目前的尴尬境地。众目睽睽之下,她瞪了他一眼,扯着裙裾急忙跑向洗手间。

瞪着背后那块并不显目的酒渍,卫兰叹气。原本也许可以华丽快乐的夜晚,却充斥着各种各样不愉悦的段落。然后,她看见一张迷蒙的嘴脸,在镜像中浮现。

纵然刚才没有辨认清楚,她仍狠狠地盯着他,说:"四千块。"

他低低地笑起来,脸色因为酒气而显得轻浮。他挑眉笑道:"一晚?"

卫兰怒气上扬,趁着并无闲人的当口,足下的高跟鞋狠狠地踏他的皮鞋。一双深棕色皮鞋因此而显得难堪。桀升嚎叫着跳了起来,但也不忘递上一张自己的名片:"你好,我是周桀升。我要赔你衣衫。"

卫兰斜睨了一眼名片,上面写着某集团的某高层职位。她有些恍惚地想:难道爱情故事的开场都是这样老套而缺少新意吗?然后,卫兰又扫视了一下他的眉眼。不出所料的,又是一副正统爱情小说里的男主角应该有的模样。

卫兰耸耸肩,一副"好吧,那就这样吧"的做派。

周桀升当然看得明白,卫兰不是认栽,而是摩拳擦掌,跃跃欲试。

周桀升并未如卫兰预料的那般,很快打电话来约会她。

开头两天,卫兰还是跃跃欲试的,时刻打点精神准备应付着他的召唤。卫兰已经聪明又矜持地想好了:他第一次约她,她拒绝;他第二次约她,她装作盛情难却但又勉为其难地说她来请;欢天喜地地应承下来，留给他第三次约她吧。可是别说连玩三次的欲擒故纵了，卫兰的手机压根儿没有出现那个已经输进去的名字。她怎能不懊恼？

所以，当周桀升终于电她的时候，她忙不迭地答应下来："好的，几点？在哪里？"周桀升也是在那头浅浅地笑。这一局又是按照他的规章制度有理有据地发展着。

男人和女人的战争，本来就是你来我往的心理大战，谁摒住气，谁耐足性子，谁就能占据主动。这些道理，卫兰不是不懂。可是，这种心理战适用于双方较为平等的状况。一旦天平倾斜，就一定有人不计后果，歇斯底里了。因为处于弱势，所以无法控制。

所以，当卫兰穿着得体地坐在高档餐厅看见周桀升出现在转角处的时候，她的心跳已经张狂得无法控制了。她听见自己来自内心的嚣叫："我要得到这个男人！"

周桀升在她面前坐下，全然没有第一次尴尬碰撞时的放浪形骸。他正襟危坐，优雅得体，举手投足间的自信与风度让人迷醉。此时的周桀升若是身着烂衫，面容憔悴的懒汉，也丝毫无损他慑人的贵族气息。

卫兰终于冷静地想，自己究竟需要这个男人带给自己什么？他的华贵衣衫，他的豪宅香车，他的锦绣前程，自己不费多少气力也能企及。那是？是他轻蔑而神气的态度，抑或是微微上扬不屑一顾的嘴角，那种逼近身体时被冒犯逼视的快感？对，这么多年，她一直想要寻找的，就是他这种能够臣服一切，有着君临天下气概的真正的贵族血脉的男人。

而周桀升呢，始终并不过多言语，控制良好地坐在那里微笑。那些礼貌浮浅的笑容，让卫兰感觉倾城。

这是他们认识的第七天，第二次见面。他们终于彼此花光心计，按照各自的小心思顺理成章地开始约会。

卫兰遇见了她的大男人，马上就变成了盲目而凌乱的小女人。她想自己究竟怎么了，竟然开始贪恋粉红色，买各种可爱又幼稚的衣服、用具，收集Hello Kitty、Betty，把雅诗兰黛都收起来，开始用兰蔻张扬的颜色，连走过商场的芭比柜台都会情不自禁地尖叫。更要命的是，她竟然开始对烹饪感兴趣了，买了梅子的煮饭手册看得心痒痒，买了蒸锅、烤炉以及各种用得着用不着的厨房器皿。瞪着这一大堆原本陌生的东西，卫兰突然想是不是自己等这么一个Mr.Right已经等太久了，所有积蓄的能量和改变一触即发。那么，之前那么斗志昂扬的生活，并不是出于自愿而是无可奈何吗？想到这儿，卫兰有点感觉郁闷，她一直认为自己是个目的明确人格完善的女子。而不似现在，完全被周桀升这个黑洞漩涡吸引，无法自拔，甚至还有越堕落越快乐的症状。

卫兰决定小心地试探他的态度，想看看他是否也如自己一样迫不及待地想要拥抱取暖。

她没有给他打电话便按照名片上的地址找到了他的公司。绕开前台和保安，她懵懂地摸到他的办公室，隔着玻璃橱窗向他招手。周桀升正在里面忙，猛地抬头看见她，然后快速跑过来说："你怎么来了？"卫兰吐吐舌头说："路过，来看看你啊。"周桀升"哦"了一下，然后把她扯到一旁说："我正在忙呢，你去休息室等我一下哦。待会儿一起吃饭。"然后还很亲密地拍拍她的脑袋。

卫兰对周桀升的态度很是满意，她洋洋自得地一路和周桀升的各位同事打招呼，自我感觉良好。她并未听到，在她翩然而过的走廊里，留下了多少纷扬细碎的话语声。

卫兰并不认为一个受到众人诟病的男人就一定存在多大问题，关键是要看问题出在哪个方面。有句外国古谚就是：没有人会咬一条死狗。卫兰就理解成为凡事别人说你不好，就是嫉妒心作祟。所以，说你花心是嫉妒你外表漂亮，条件优异；说你自私贪婪是嫉妒你懂得敛财，收入丰厚；说你自由散漫是嫉妒你地位高尚，有资本过嘻哈自在的生活。总之，卫兰认为，一个人只有真正出类拔萃，比别人高出一大截，那些纷纷流言才会偃旗息鼓。因为别人才会跟你有所距离，把你当作神一样顶礼膜拜。

周桀升条件优厚，一定会有人窃窃私语，试图破坏他们即将完全绽放的爱情。卫兰已经全然做好心理准备，随时反击那些心怀不轨的入侵者。

说实话，周桀升是个比较纠结的人，从他生活当中的种种细节就能够窥探一二。他只穿固定的一两个牌子的衣服，有时约会迟到的原因竟然是觉得围巾风格不搭于是回家换了，用餐永远是固定的餐馆固定的那几道菜品。卫兰常常想，鸡肉沙拉、巧克力蛋糕或者是芦笋腊肉，怎么能满足他所有的口腹欲望？周桀升是个不喜欢尝试新鲜的人，虽然这样的男人讲究经典，专一而容易把握，但也可能在年轻时尚的外表下套着致命的守旧情结。卫兰隐约担心他有着无法改变的固执。

那天晚上，他们在Red Mix用完晚餐，在丰味喝完原味奶茶，又沿着马路散步半小时之后，他们的话题终于开始涉及私密而尴尬的那部分。

"你是说,你至今只有过两个女友?"卫兰非常吃惊,就算裘德洛在《花花公子从良记》的最后被臣服得温顺无比,但至少也曾风光大盛过。这样的一个尤物,如何这么多年保持暗淡人生?

周桀升竟然显得很害羞:"嗯,如果你答应做那第二个的话。"

卫兰差点儿一口口水把自己呛死,难不成他还是千年一遇的小处男?她偷偷打量他,这样一个华贵与简单并存,威严与幼稚同在的矛盾体,竟然让她抓住了。

在她温柔目光的鼓励下,周桀升滔滔不绝地讲起他的那个初恋女友。所有的字眼,一如某本校园小说里描述的那样。前后桌,弥漫的香樟树叶,拉手和亲吻,毕业和离别,淡漠和遗忘。卫兰边走边听,都快打瞌睡了。当他终于吐露出最后一个字眼的时候,卫兰刚好打哈欠的眼泪流出来。她无限深情地说了一句:"好纯哦,真的让人很感动啊!不过,得不到的也许是最美的,对吧?"卫兰自己都不知道在说什么了。

周桀升"呵呵"笑了两声,转过头来问:"那你呢?"

卫兰愣了一下,转过头来瞪着周桀升,思维却在飞速运转着。因为不知如何回答,卫兰的脸涨得通红。而周桀升则显然把她的脸红理解成为愠怒。他着急地说:"对不起,对不起。"他的心里头也知道,打探一个女人的过去显然是不礼貌的。

卫兰的脑子却有点儿迟钝,在心里听话地清点起曾经的男人的数量:"一,二,三⋯⋯"周桀升听见她的叨念,吃惊地睁大眼睛。

"你还真是经历够丰富啊!"周桀升害怕这个数字无休无止地延伸下去,打断她的思路。

卫兰回过神来，意识到已经无法挽回，便剑拔弩张地喊："有过很多男友能代表什么？你想说什么？"

周桀升却一下把她揽在怀里，霸道地说："不管你之前有过多少男人，从今以后，你只能跟我睡。"

卫兰就这么瘫软下去了，她此时此刻多么愿意相信自己是个十八岁卜卜脆的小女生啊，好把最温暖的年华奉献给这个如神般圣洁伟大的男人。

事到如今，不管他们今后会和谁睡，今晚，他们铁定是相拥入眠了。

爱情到了一定的地步，便会突然凝滞一段时间。谁说不是这样呢？该牵的手牵了，该做的事也做了，两个人身体那样亲密无间零距离，眼睛鼻子看到了一起，心却不是靠得那么近。真有点生理大于心理的感觉。卫兰和周桀升手牵手地走在街上，偶遇他的老朋友。周桀升居然寒暄一番后，不作任何介绍地牵着卫兰走了。卫兰当场发作。

"他们是谁啊？"

"哦，你不认识，一些朋友啊。"

"哦。是做什么的啊？"

"哎……你别问那么多好吗？说出来你又不认识。"

其实男人喜欢保持神秘感有时候是很刻意的，目的就是为了让女人不了解自己世界的全部。关于这点，男人和女人的理解也是截然不同的。周桀升认为，生活里偶尔遇到的卫兰不认识的男人，或是卫兰在他身上发现什么以前不知道的事，他都会很有成就感。比如，卫兰会喊："哇，你连×××都认识啊。"又或者是："天哪,你知道的好多哦!"相信所有的男人都希望自己是女人挖掘不尽的宝藏,时时刻刻让女人们惊喜得"哇"地叫出声。但卫兰并不这么认为,她把男人的刻意疏离理解为有所芥蒂和防范,觉得自己的男友不在乎不重视自己,不愿意和自己有长远发展和良性走向,不愿意让自己走进彼此的生活中。

想到忍无可忍的时候,卫兰问:"周桀升,你不想把我介绍给你的朋友们,一起参加参加什么活动吗?"

周桀升说:"好啊,有空的时候。"

卫兰喊:"总是这么拖延着,什么时候大家才都有空呢,还是你根本不想把我介绍给他们?"

周桀升觉得好烦:"你不要想太多啦,没有这么复杂的哦。只是要凑到大家都有空的时候真的不容易。"

于是,周桀升便在卫兰的督促下给他的朋友们一个一个打电话,终于约定了时间地点事件内容,卫兰拎拎衣襟,打算正式开始融入他的世界。

不能说卫兰不是处心积虑的。一个女人为一个男人改变到何种地步,都是心甘情愿的。那总也需要一个目标、一些力量的支持。卫兰可以为周桀升描眉画眼,可以为周桀升方寸大乱,但是周桀升能给自己什么呢?

连和他的朋友们的约会都仿佛是她乞求而来的。若你并不情愿,我们又何必强行拖曳?卫兰这么想着,便觉得特别泄气。原本想要为周六的六人晚餐以及餐后的舞场狂欢好好筹划,添件新衣,做个美容,这些细节全都无趣地撂在了一边。卫兰想,一个男人若是跟你在一起时都意兴阑珊无精打采,那他怎么会准备好和你共有同一个未来?

周六的早上,卫兰很早就醒了,赖在自己的被窝里看小说。她不是没有期盼的,她多希望看见那个男人衣着光鲜地立在门口,邀约她一同度过周末。赖到下午四点钟,卫兰起来狼吞虎咽掉一包泡面。看着镜子里面的自己,卫兰颇觉惊讶。一个曾经吹弹可破,凡事必当积极应对的新时代女子,竟然为一个男人蹉跎成这样。她愤愤拿起电话打给周桀升,那头是比她还慵懒的声音:"昨晚实况足球看到早晨七点半,实在起不来啊。"

卫兰问:"周桀升,你家在哪里?几楼几号几零几?"

卫兰是第一次去他家,却觉得以后再也不想染指半分。一个单身男人的家,你可以想象成什么样子就什么样子。卫兰难以想象一个外表光鲜的男子,私生活却惊人地邋遢和随便。屋子里黑乎乎的,周桀升还是蒙在被子里睡,卫兰几乎不想拉开被子跟他说话。她无法忍受"周精致"变成了"周眼屎"。

卫兰收拾了几件衣服,拿到卫生间准备去洗。水龙头却拧不出水来了。卫兰叫:"怎么没有水啊?"周桀升含含糊糊地说:"好像忘记交水费了,停了好几天了。"卫兰叫:"也就是说,这些天你都不用洗漱的啊?"周桀升说:"早上早点儿去公司就好嘛。"卫兰无语了,把衣服随便一扔便准备走了。

周桀升的电话开始猛响,他关了静音,震动的声音让她心烦意乱。卫兰问:"为什么不接啊?"周桀升说:"不想接。"卫兰赌气地拿过电话说:"不方便的话我来帮你说。"电话那头却说:"对不起,您在我行的信用卡欠费金额逾期未交还,请速与我行联系……"卫兰气得把电话砸在他的脸上,转身要走。

周桀升叫她。卫兰回过头来打量面前的这个男人。嗯,自己难道就因为他孩子气一般的懒惰和不负责任而轻易将他抛弃?自己难道真的是个期待攀龙附凤大变身的灰姑娘?看着周桀升无辜单纯的眼眸,卫兰觉得他的孩子气仍比市井气要好,他的依赖仍比若即若离要更有安全感,他之前的所有伪装仍是为了追求她而惹她开心,装得不赖啊。在那个瞬间,卫兰做了决定。

卫兰深吸一口气,她决定从小女人蜕化转变成周桀升的老妈。她对周桀升说:"好了,快起来吧。和你朋友吃饭快要来不及了。"

看见周桀升犹疑的眼神,卫兰又补了一句说:"当然,我买单。"

在耐心允许的情况下,做个妈。

DECEMBER 十二月 傻子才悲伤

我们以为一切恰到好处的付出与回报,不过是一场有所权衡的交易罢了。
交易成功,皆大欢喜;交易失败,至多遗憾,无谓悲伤。

熙锦一直以为自己是个聪明的女子。就像她的名字一样，阴平上声，笔画丰富，无论读还是写，都是一派繁荣美好的样子。熙锦以为自己的人生便能凭借名号的运气，就此熙攘锦瑟，热闹非凡。事实也确实如此，一直以来，无论学业、事业和生活，她总是拿捏得当，游刃有余。甚至爱情，她也占尽先机，主导着一切向左或是向右的可能性，保持着随时抽身的强势状态。直至她遇到罗列。

怎么说呢，罗列其实并不算是优异的男子。肥头大耳，目光呆滞，身上隐有陈年累积的油脂气息。脏兮兮，瘪塌塌，连扮演令人嫌恶的大款都无可能。因为罗列没有钱，所有的身家性命便是攒积多年才得来的七十平米的小小公寓。罗列更没有前景光明的饭碗，日复一日的业务员工作已经做到了第九个年头。忘记哪位HR的高论了：同样的职位做到第五年仍未升迁，从此便希望渺茫，该考虑更改行当了。

便是这么个希望渺茫的罗列在麻将桌上遇见了华美丰盛的熙锦。朋友家的牌局，晚到的熙锦没有席位，只得不情不愿地买罗列的马。罗列原本平淡的手气瞬间奇佳，令人难以置信地用各种绝招赢了若干圈。熙锦连眼睛都来不及眨，便莫名其妙地捧了一堆钞票。散场的时候，熙锦不屑地说："这么多零钞，只能用来吃夜排档了吧。"

两个人去茶餐厅点了麻油鸡、虾仁跑蛋和干锅牛筋。熙锦还要了一份便宜又好吃的鲜虾肠粉。吃到一半的时候,熙锦突然发现罗冽在盯着她的肠粉出神。罗冽本是个邋遢得像刚从风尘里归来的人,此刻的眼神却温暖闪亮,让人在一瞬间有流泪的冲动。熙锦想起某个姑婆曾经训导的,男人在吃饭的时候是最没有戒心去防备别人的。贪婪抑或驯良,粗野还是节制,面对食物,男人才会真实流露。于是,熙锦就很温柔地问:"想尝尝么?"

朋友们都说他们的开始过于仓促。尤其对熙锦的主动投怀送抱更是感觉不可思议。熙锦却不置可否。她从来便是个目的明确、心思缜密的女子。虽说并非势利现实,但她清楚地知道自己内心的偏向,并决不错过任何一刹那的感觉。罗冽能给她什么?金钱能换来的她统统能自己获得,她只要他清冽的眼神。她相信他的本质并不似外表般轻浮潦草,他那蕴涵深刻的力量,值得懂他的女子悉心珍藏。

她宁愿花整个周末为他收拾蜗居,动足心思做菜慰劳。她宁愿躲避美好蜂蝶的引诱,大有遗弃天下男子的决绝。她宁愿倒贴自己的钱来照顾他的面子,罗冽总是不切实际地讲究一些品位,而她索取的,不过是他那毫无心机的微笑的眼神。

熙锦坚定地自以为是。因为这若干年来,她几乎从未在任何问题上判断失误过。

罗冽不是没有朝气蓬勃过。他曾经简单、充满活力,放任命运的予取予求。他曾发疯一样扑在年少的事业上和爱情上,相信上帝终会眷顾踏实虔诚的信徒。第一个女友离开，他笑着说再见；第一份事业的草率结束，他笑着原谅了诈骗他金钱的合伙人。千秋万岁的欺骗和敷衍之后，他终于放低心态，任由身边的人事走走停停，不做任何挽留。他认为，反正最后自己终将落空。

罗冽终于学会对什么都有所保留地付出。他不是不可以对人好，对己好。只是小心翼翼的，别人兴高采烈的三分甜蜜，他只冷清清地回赐两分半，自认已经伟大如神。他的上一任女友小萱愤然离开之前，恨恨地对罗冽说："你就像一个被疯狗咬了一口的狂犬病患者，恶狠狠地红着眼看人。纵然别人真诚待你，你仍要做好咬噬的准备。谁人不寒心？"罗冽只是冷笑着看小萱离开，心里暗笑：怎样？所谓爱天爱地不过只是自欺欺人的把戏。一旦觉得付出和回报不成比例，谁还能继续欺瞒自己？

罗冽没有病态到精神抑郁。他只是觉得冷，一如每个阴霾冬天到来的时候，他本该热血充盈但却冰凉的手和脚。

关于罗冽的前尘往事，熙锦并不是一无所知。他们相识那夜的麻将桌上，罗冽的朋友们便无所顾忌地讽刺罗冽诸多的糟糕事件。罗冽只是认认真真地出牌，流言蜚语，充耳不闻。对对和、清一色、混一色、大四喜、海底捞月……他脸上的喜怒哀乐只和打牌的手气和输赢有关。熙锦听不太懂他们那些恶语的细节涵义，可是那又有什么关系呢？她喜欢静默的男人，不计较周遭的议论，用沉默埋葬过去。正因为男人有了不堪回首的过去，才能尝尽苦悲，惜命惜福。

他们在一起的第一夜，罗冽照例摆出一副无赖相。意思是，我就是这么一副不知死活的样貌，爱要不要。熙锦轻轻地笑了，她的确是个冰雪聪明的高手。多年浸淫在人尖堆里，许多事情纵然没有经历过，也能三两下把握住命门要害。她走过去，轻轻揽住罗冽的脑壳。未曾言一语，怀内焕然有春色。熙锦想：你越是想用过去恐吓我，驱走我，我越是不闻不问，任你自由来去。

熙锦信任自己爱人的能力，就像信任从未到来的美好爱情。从没有人说她是个傻得冒泡的理想主义者。

他们之间开始有心照不宣的默契了。那些纷扰复杂的前尘往事，罗冽不说，熙锦不问。有时他在吃她做的某样东西的时候，会突然说："以前……"她会立即撅起嘴，一副可爱无知的模样。熙锦并不是真天真，她也不是扮天真。她知道他在潜意识之中会把曾经经历的刺痛当作双面均为利刃的武器，拿出来试图狠狠割伤她，也割伤自己，享受这近似于施虐和受虐的快感。熙锦懂得太极推手，巧妙地将其控制到最低的伤害程度。

在每个人的心中，理想的爱情的状态都是不一样的。有的人追求赤裸面对，完全透明；有的人喜欢互不干涉，和平相处；有的人向往暧昧模糊，从不确认。在初初懂得爱情的时候，几乎所有人都是执著热烈地紧紧捆绑在一起，没有距离，无法呼吸。多爱几个，失去几个，慢慢才能了解到，除却妆容的脸总是磕巴而黯淡的。于是，宁愿有距离，宁愿不了解。就像罗冽常常说的：各怀心事的爱情虽然让人感觉疲累，但总比撕破脸皮要有美感得多。熙锦也宁愿这样小心翼翼地伺候着爱情，甚至有时独处时也会忘记卸下伪装面容。正如Szymborska的诗句："Uncertainty is more beautiful still."

然而龃龉总是有的。哪怕罗冽再置身事外,哪怕熙锦再忍气吞声。

那个周末的晚上,他们赖在家里看电视。罗冽的手机响,熙锦递给他。一眼瞟到短信发件人是一个貌似女人的名字:小西。她假装没看见地继续评论电视肥皂剧里的拙劣情节。这一来,罗冽便没完没了地和小西信来信往了。直到看完两集电视剧,罗冽去卫生间。熙锦实在好奇地拿起手机,看见最后一条短信:呵呵,这次去内蒙给你带回一件羊绒衣,别给你那位看见哦。熙锦"啪"地扔掉手机,拿起包走人。

第二天一整天,熙锦都纠结得要死。她不是心烦罗冽有出轨嫌疑,而是憎恶他竟然这么堂而皇之地在她面前跟别的女人调情。有外遇是新人和旧爱的较量,尚有扳回一城的可能。而这样的坦荡则是完全无视她的存在。要调情,遮遮掩掩你会不会?然而熙锦又明白得很,罗冽之所以这么坦然,完全是为了堵住她的嘴。他完全可以双手一摊,莫名其妙地说:"怎么了,只是一个普通朋友啊。"然后再皱着眉头,话锋一转:"你居然偷看我的手机?"

这样的场外信息,来得真是让人尴尬。索性肝癌直接到了晚期,安心等死算了,何必纠缠反复,徒劳伤神?真相有时候还是来得晚一点好。

想来想去,熙锦无法释怀,亦无法找到合适的打探虚实的方式。晚餐的时候,她只好吞吞吐吐地问:我昨晚看见你们的短信了。小西是谁?你觉得你们在深夜发这种短信合适吗?

罗冽瞟了她一眼,打哈哈地说:"是我一个普通朋友啦。"熙锦哼:"那有什么不能让我知道的?"罗冽丧失耐心:"是我的朋友，为什么要让你知道？"熙锦也吼："如果是正常的男女关系，完全可以变成我们共同的朋友，你怎么可以有了女朋友还跟别的女人牵扯不清呢？"

罗冽知道自己理亏，撇撇嘴不再言语。刚想起什么要说话，熙锦早有准备似的开吼："你要怪我偷看你手机了是不是？我还不是在乎你才这样做的？"

罗冽倒抽一口气：天哪。跟上一个、上上一个女朋友的口吻一模一样。难道女人都是这样？在最初的给你温柔、给你空间、给你包容之后，永远还是那么急不可耐地打着爱情的幌子，企图侵蚀你的所有秘密和心机？

陷入爱情的女人是傻子，她们要把男人也变成傻子。这样的较量，谁都以为自己的胜算会更高一些。

有人对爱情的对象天生充满信任。没有原因，莫名其妙。看见那个人，听见他的声音，一股信任感就会油然而生。纵然他的假话全天下的人都嗤之以鼻，但就是骗得过她。而有的人，爱情中的信任需要日积月累，慢慢营造。原本狐疑观望的态度才会慢慢瓦解，从半信半疑到完全信任。

然而，信任的崩塌却是一夜之间的。因为罗冽的非暴力不合作的态度，熙锦感觉委屈却又无法释怀。有时她想，为什么罗冽不能骗骗她呢？哪怕解释不清楚状况，抑或摆出一副无辜的样子，孩子气地看着她，然后可怜巴巴地说："对不起，我错了，以后不会再……"其实每个人都知道，所谓的"以后不会如何如何"大都是没有什么说服力并且极其容易再犯的。然而，看着他真诚可怜的模样，谁能忍心不再给他一次机会呢？

　　有人做过一项研究，每个人在潜意识里都会对自己的理想情人有个标准，并且会不自觉地贯彻到日常生活的细枝末节里去。比如，有的人会对悲剧美孜孜不倦；有的人会一直抑制不住受虐的快感；有的人吃尽苦头却也无法回头，不是不能，而是不喜欢。原来人究竟是有执念的，对的狂爱，错的也不肯更改。于是有人在一次次的爱情中发现似曾相识的嘴脸，受到不止一次的伤害却仍乐此不疲。于是，才会有"一错再错"这样的说法。

　　错的，仍旧这么固执地错下去。

　　罗冽不喜解释，不喜花言，也算是这么多年累积下来的习惯。基本不会再为谁更改。因为他想：如果能理解，看着事实就能想通了。如果无法理解，掏出心肺又有什么用呢？

　　熙锦却是咄咄逼人的，凡事一定要有是非对错。有理，可以趾高气扬；错了，则必sorry。这是熙锦所认定的，成人世界里的游戏规则。这也是她这么多年积存下来的，无法更改的习惯。

　　寡言的罗冽，善辩的熙锦。没有对手的棋局，误会丛生。

　　然而对手总是需要的。如果面对的那个人不予回应但仍底气十足，那么，在他背后，一定存在更为强大的幕后推手。这个敌人，未必就一定是假想出来的。那个叫小西的女子，很有可能只是冰川一角，或者只是烟幕弹吧。如若对事件真相一无所知倒也无所谓，最怕懵懵懂懂，最撩人心。

　　熙锦给罗冽打电话："我们办理一下亲情号码吧，这样以后打电话免费。"

　　罗冽说："好。"

熙锦说："那你把你手机密码告诉我，我这就去办。"

熙锦上了移动公司的网站，拉出了罗冽的电话清单。无数感觉陌生抑或是眼熟的号码一道道闪现眼前。有的寥寥几个字节，有的分成数条发送；有的凌晨三点，有的是刚跟她道完晚安马上又跟别人联络。熙锦看得火冒三丈，打电话到移动公司发了一通火："为什么你们可以查出短信时间、号码、字节数，却看不到短信的实际内容啊？"那头的话务员一头雾水，怯怯地问了一句："那在你们打电话的时候，是不是还要我们录音呢？"

熙锦看着屏幕上那些乱七八糟的号码，感觉手都在发抖。究竟有什么办法可以把这些隐蔽在手机里的假想敌一个个揪出来？

其实女人都是一样的。一开始的忍辱负重宅心仁厚到最后都是以小肚鸡肠而告吹。一开始所谓的给你空间，给你自由，给你信任，全部都是建立在骗取彼此信任的基础上的。一旦感情降了温，发现已经不必摆姿态扮圣女时，一切的自私和霸道便淋漓尽致地表现出来。

此时此刻的熙锦，便蜷缩在沙发上，一手抖抖嗦嗦地拿着罗冽的手机，另一只手擎着已经皱巴巴的小纸片，对着上面水笔抄的一堆歪七扭八的号码一个个查。而罗冽正在卫生间里吹着小曲，畅快淋漓地洗着澡。

一个，两个，熙锦迅速地拨号，抄名字，然后再迅速地把通话记录给删掉。因为紧张，熙锦出了一身汗。于是罗冽刚从卫生间出来的时候，看见熙锦一脸潮红，莫名其妙地瞪着他。随后，熙锦又开始觉得纠结了。因为，她不知道有了这一堆名字和号码，到底能琢磨出什么名堂来。罗冽爬到她的身边来，她厌恶地往旁边挪了挪，然后又瞪了他一眼。她也是个心里藏不住事的人，一旦心里产生疏离感，身体也会不由自主地疏远了。

熙锦急招弟弟出马，授意他按照纸上的姓名和电话一个个打过去说话。弟弟说："可是打过去以后，我说什么呢？"熙锦一愣："呃，就说你打错电话了，然后就挂掉呗。"弟弟傻眼："可是这么做究竟有什么意义呢？"熙锦火了："打完你给我形容一下她的声音听上去感觉怎么样，再加上我手上的名字，我就能分析出她的综合竞争实力究竟有多少。"弟弟呆了半天，无奈地点头。

第一个电话打通了，弟弟的脸都绿了，然后吼了一声："我打错了！"就把电话扔了。熙锦问："哎，你这么凶做什么？快跟我说说，这个叫颜研的声音听上去怎么样？风骚吗？"弟弟白了熙锦一眼："姐，你别发神经病了。刚才那个是男的。"

为什么大多数女人都是这样呢？没有问题的时候，她们会自行设计制造假想敌。而当自己的男人真正背叛的时候，她们往往会喊：为什么全世界的人都知道你们的奸情，就我还蒙在鼓里？

熙锦没有查出预料中的假想敌来，不甘心，很不甘心。

她几乎都要精神错乱了。每天看着罗冽，总觉得心里恨得痒痒的，但却无法开口逼供。刚开始恋爱时的那副甜美模样早已荡然无存。那天罗冽随口说："哎，很久没喝到你炖的鸡汤了哎……"熙锦就突然跳了起来："我为什么要炖给你喝啊，我凭什么要炖给你喝啊？"然后就一脸凶相地走开了。罗冽依旧莫名其妙，看着洗衣篓里的脏衣服，看着随处乱丢的杂物，觉得熙锦就像变了一个人。他有些想不通。

怎么会这样呢？从未遭受爱情疮痍的熙锦怎么就会无师自通，和平演变成一个闭塞心灵的怨妇，像一个普通女人一样？其实熙锦原本就是个普通女人。

看着镜子里的自己，熙锦感觉陌生。

不是没有挣扎和反复的。

熙锦努力拉扯自己的态度，想要恢复到最初的轨迹当中来。罗列也是一样，他宁愿相信熙锦就是那个冰雪聪明的可爱女子。而现在的凶相毕露，只不过是一时的走火入魔。

星期天的下午，他们终于决定，手挽着手一起去久违的菜场，买一些菜，做一顿貌似美好的饭菜。熙锦尽量做到一个完美主妇的样子，耐心讨价还价，细心挑选蔬菜。终于，他们还是在究竟选鲫鱼还是鲈鱼这个问题上争执起来。仿佛这就是一个导火索或是突破口，两个人激烈争执，谁都不愿退步，把自己的不满和憋了很久的怒气一股脑地倾泻出来。熙锦指责罗列的不求上进和花心滥情，有着一塌糊涂的过往；罗列嫌弃熙锦尖酸刻薄小心眼，总是怀疑对方给自己的爱不够。这样一件鸡毛蒜皮的意外，竟然能牵扯出这样一堆枝蔓的问题。两人都知道，那不过是用来突破的一个借口。

嚷了一通，双方都戛然而止。不是因为菜场里无数双眼睛都在好奇打探，而是两个人都突然意识到了，其实爱都是有条件且小心翼翼的，一旦对方没有足够投入和付出，自己便会觉得不爽而有所不甘。在这个臭烘烘的地方突然意识到这个让人感觉丧气的话题，真的觉得没劲极了。

于是，鱼没有买，菜也撒了一地。两个人兴致全无，开着车回家。一路上谁也没有说话，罗列沉默地抽着烟开着车，熙锦看着车窗外倒退迷离的风景，有点想哭的意思。眼泪转了几圈还是回去了，有什么意思呢？他更会感觉心烦意乱。都不是年少轻狂的小孩子了，眼泪连自己都打动不了，如何能打动男人？

有人说恋爱是不需要太多理智的。争吵源于琐事，止于床笫之欢。然而，如若人真的是无法自控的动物倒也简单很多，也就不会有那么多人患上精神性ED。那一夜他们几乎没有说话，也没有任何接触对方身体的意思。心灵疏远，连身体都是抗拒厌恶的。这一点，男人女人都一样。于是，可怕的沉默从天黑一直延续到第二天早晨，两人彼此厌倦而懒惰。懒得交流，懒得听对方到底想要什么，想知道什么。到时间，两人各自上班。

没有气愤，不是悲恸，没有人会难受爱情已经面目全非的样子。两个人只是懒懒地跟同事说话，懒懒地上班，懒懒地上网看新闻打发时间。到下班的时候，两人都想给对方打个电话。无所谓解释什么，只是想缓解这场没有意义的冷战。

"喂，在忙吗？"

"嗯，还好啊。"

"哦，那晚上一起吃个饭吧。"

"好啊，下班老地方见。"

需要谁解释什么呢？两个人都不想提到那段莫名其妙的插曲，毕竟谁也没做错什么。解释来解释去，不过又是一场谁也无法说服谁的辩论游戏。

两个人就在楼下的餐馆里吃简单的晚餐。

这个城市里种种华丽而特别的餐馆已经无法吸引他们的注意力

了。就像他们的爱情，说到底，不过是一场气氛平淡、环境惨淡、内容简单的饭菜而已。

一顿便餐，仅此而已。甚至还有一只碟子缺了一块瓷。谁也不会觉得破坏情绪。情绪本来就是这样不高不低，刚好而已。

也许这个世界上大多数情事都是这样的。事先张扬，满天是星光。终于黯淡，换满心惆怅。成年人和孩子最大的不同就是失去的时候不会"哇哇"狂哭胡闹，而是懂得小心巧妙地欺骗自己，欺骗对方，以为一切都还算美好。

熙锦想，自己究竟还是爱罗冽的吧。砸了那么多时间，砸了那么多钱在他身上，怎么能说自己不爱呢？而罗冽爱自己吗？真的是不得而知的一个问题。想来想去，没发现他对自己好的一些细微迹象，于是觉得心灰意冷。

罗冽明白熙锦对自己好。可是，这是爱吗？罗冽冷漠而不屑地笑。女人不过是喜欢过程而轻视对象的。只要一个人条件刚好，不算特别好也不是很糟糕，关键是，可以心安理得地接受自己看似死心塌地对他的好。他又冷笑，你以为她对你的好是全然无私的吗？它需要用你的自由来祭奠，多么大的压力啊！

可是两个人都想，也许就这样下去吧，不是也蛮好吗？毕竟，耗费过的一切的一切，都不会浪费。不是吗？

我们以为一切恰到好处的付出与回报，不过是一场有所权衡的交易罢了。交易成功，皆大欢喜；交易失败，至多遗憾，无谓悲伤。

【结局一】

熙锦养成了这样一个习惯。每晚趁罗冽洗澡的时候看一遍他的手机的通话记录和短信信箱。每个月查一次他的网络清单。没遇到可疑的就闷声不响,遇到可疑的就让弟弟打电话过去质问。

每次受到盘问,罗冽总是什么都不说。他坚定地认为,自己并未有任何纠缠暧昧的对象,只是无法说服熙锦去相信。毕竟他有太过糟糕的过去,诚信受到严重质疑。熙锦按照惯例发火、啼哭、睡觉。醒来后又是一副什么都没发生过的样子,周而复始地疲惫。

这样的状况,直到他们婚后六年依然没有任何改善。

【结局二】

熙锦在街头撞见罗冽拥着另一个华丽女子。

前女友?新欢?都不重要了。熙锦在心底竟然涌现一阵欣喜,之前所有的隐忧真是事实。她庆幸自己一直是那个聪明有预见的女子。

熙锦冲上前去,扇了罗冽一个耳光,大声咆哮:"罗冽我对你这么好你竟然这样!还骗我这么久,你还是不是人啊!"

罗冽回家的时候,熙锦已经搬走了,带走了她带来的所有的物件,一样都没有落下。

罗冽冷笑。也许,她很快又能找到另一个可以全心付出的对象吧。

……

　　里比多（libido）分泌持续不断，大脑正在经历考验：狂喜、期待、兴奋、幸福、醋意、怀疑、混乱、恐惧、挫折……随时随地，种种变换的感情如同万花筒般不断拼出新的感情画面，让人轻易从一个极端走向另一个极端，这就是爱情。

……

　　相爱的人宁愿相信，爱情，这个大自然赐予人类最神圣的礼物是月老或小爱神丘比特在牵线搭桥。但是今天，科学家们相信，爱情是我们大脑神经冲动的产物，完全由脑部化学物质在控制。爱情的寄宿区域，实际上并不是像浪漫之人所信奉的那样，位于咚咚心跳的胸部，而是在身体的最高处———大脑。

……

——摘自《科学与生活》2006年2月号

跋　时光纪

【2007-02-01 22:18:32】爱。

最醇熟的爱是一针镇定剂,而不是兴奋剂。

【2007-03-05 01:40:43】日剧。

从未盼望好景从天而降。一而再,再而三的波折已不会让人气馁。

世事多波折。

缓慢,或螺旋,只要仍能前进就是好的。

仿似天花乱坠的日剧,兜兜转转放到第十一集,仍会有HAPPY ENDING。

【2007-04-11 09:47:13】绳索。

不过是映射在脑海中的镜像而已。

银河,飞鸟,林木,冰水的刺激,

金钱,繁花,烙刻在皮肤上的痛感,

昌盛的充满世俗美感的生活,

乃至相爱,甚至幸福,不过如此。

了解幻象的本质,不是教人自暴自弃,

而是拥有时尽情体验,寂灭时也不用仔细寻觅。

留存在记忆里的,也总有消亡泯灭时。

这一双手,什么都不要试图抓住。

双手也终究不属于自己。

【2007-04-22 19:25:54】知错。

既然是习惯,便是很难修改的顽固。

比如,喜爱喝滚热的汤,冰冷的水。

比如,极其困顿萎靡,书籍和影碟是解乏良药。

既然是习惯,明知有伤害或者错,亦不愿妥协。

【2007-06-12 15:45:14】过期。

早上起来,穿睡衣在厨房磨咖啡豆。

圣堤诺。曼特宁。

闻上去很香,喝起来却是走油的味道。

换衣服去楼下咖啡店买豆子。

原来的小店变成袜子店。招牌没有换。

不满一年的时间。

【2007-07-07 04:25:42】镜子。

现世和内心终究互为镜像。

心中的不仁,不善,不忍,才是导致一个人形容破败的根本原因。

戴兔耳朵的小女孩永远不会幻变为密林中恶毒的母狼。

反之亦然。

微热天气。

读完一九九六年七月第二次印刷的《爱丽丝漫游奇境记》,

想到以上这些要说的。

而手上在读的是文化艺术出版社二零零二年首刷的渡边淳一作品集。

樱花。

嫩叶。

初虹。

夏草。

河风。

秋草。

落叶。

初春。

李花。

阳炎。

牡丹。

向日葵。

鬼灯。

瞿麦。

乱菊。

阵雨。

树。

茶花。

春风。

又见樱花。

这是小说中章节的名称。

除了渡边君天赋异秉的精致美学,谭玲女士的妥帖翻译着实点睛。

【2007-09-11 01:15:33】雪碧。

好在车厢里一直有明晃晃的灯光。

随身背包里,是洛艺嘉游记《一个人的非洲》。似乎并不有趣。

开始喜欢喝雪碧。临睡前都要喝一罐。

甜蜜的气泡,清爽平淡的味道。

为什么一直喜欢不健康又涩嘴的可乐,那么多年?

【2007-10-01 12:35:13】猫咪。

下楼散步的时候,看见一只猫妈妈,带着她三个孩子,骄傲地逡巡而过。

妈妈是传统狸花猫。

三个孩子,一个黑白,一个黄白,一个黑白黄。

回家拿牛肉,鱼豆腐,红烧肉,用微波炉热了饭拿下来。

然后去买水果。

拎着葡萄、西柚和柠檬回家。

猫妈妈老远就对我叫。抱起来,用脑袋跟我蹭。

然后转头对路过的狗发出"呜呜"的呼啸声。

【2007-10-27 23:15:22】侧身的孤单。

工作一整天。

抱着高脚酒杯,缩在沙发上看金鸡奖的红地毯。

吃两只蟹。

不知不觉喝完一整瓶九四年的红酒。

朋友在餐桌上叫嚣着打扑克。

再完美不过的,单身男子的周末。